訓読　李白短詩抄

田中佩刀

明徳出版社

はじめに

李白は杜甫と並び称せられる中国の代表的な詩人である。

李白は長安元年（七〇一）に生れ、宝応元年（七六二）に六十二歳で歿した。杜甫よりは、十二歳年上であった。

杜甫は李白の詩の力倆を認めていたらしく、「春日、李白を憶《おも》ふ」と題する詩に、「白や詩に敵無し」と詠んでいる。

李白の詩は長詩も短詩も数多く残されているが、一九九〇年に刊行された巴蜀書社の『安旗主編・李白全集編年注釈、上中下三巻』は最も優れた李白の詩集と注釈ではないかと思う。

日本で手軽に李白の詩と詩人の輪郭を捉えたい人には、集英社発刊の『漢詩大系・第八巻・李白』（青木正児著）をお勧めしたい。

本書が李白の短詩だけを採り上げているのは、著者（田中）に長詩を書き写す気力が無いからである。また、訓読（日本語読み）だけを記して、原詩を写していないのは、研究書ではないからである。訓読の詩を通じて李白の詩境を味わって頂けるなら幸いである。

本書の執筆中に、著者は肺炎で入院して、退院後は脚力も視力も著しく衰えてしまった。老眼鏡に拡大鏡を併用しても小さな文字は読めなくなった。本書の後の四分の一は訳註の参考が出来ず、著者の独断的解釈になってしまった事をお許し頂きたい。

視力の方は眼科の宇井先生に診て頂いている。日常生活はセコム訪問看護の看護師さん達や、毎週水曜にはヘルパーさんの鈴木さんのお世話になっている。また二週間に一度、幸野Mクリニックの泉先生が体調を診察して下さっている。

極老人ながら何とか平穏無事な生活を送っている次第である。

末筆乍ら本書を採り上げて下さった明徳出版社の佐久間保行社長と、崩れた文字の原稿を読んで下さった印刷所の皆さんに感謝申し上げる次第である。

令和三年五月

田中佩刀識す

凡　例

短詩は訓読を掲げ、原詩の記載は省略した。

原詩の題の上の番号は、本書に引用した詩の番号で、整理上の為のもので、原詩には無い。

訓読は、送り仮名は歴史的仮名遣いに従い、字音のルビは現代仮名遣いに従っている。

(訳) とあるのは、原詩の訳である。

(関) は、引用した原詩の題名や語句の簡単な説明や、訳者 (田中) の感想などである。

引用の原詩は、安旗主編『李白全集編年注釈』(巴蜀書社、一九九〇年) に従っている。同書には通釈は無く、語句の註が掲げられている。

以上

訓読　李白短詩抄　＊　目次

訓読　李白短詩抄

1　初月《しょげつ》

玉蟾《ぎょくせん》、海上を離れ、／白露《はくろ》、花を湿《うるお》すの時。
雲畔《うんぱん》、風、瓜《うり》を生《しょう》じ、／沙頭《さとう》、水、眉《まゆ》を浸《ひた》す。
楽しい哉《かな》、絃管《げんかん》の客《かく》、／愁殺《しゅうさつ》す、戦征《せんせい》の児《じ》。
西園《せいえん》の賞《しょう》を絶《た》つに因《よ》って、／風《かぜ》に臨《のぞ》んで一《ひと》たび詩を詠《えい》ず。

訳　月は海の上に出て来る頃、白露《しらつゆ》が花を湿《しめ》らせている。雲に風が月を吹き寄せると（三日月《みかづき》は）瓜《うり》の様に見えるし、水辺《みずべ》では水面に眉の形に映《うつ》っている。楽しいことだ、音楽を楽しむ人々は。だが戦場の兵士たちは悲しい思いをしているのだ。かつて文人達が明月を鑑賞した西園《せいえん》の会合はもう無くなったが、今は夕べの風に吹かれて詩を口《くち》ずさんでいるのだ。

関　詩の題の初月《しょげつ》は三、四日の月、新月《しんげつ》のことである。この詩は、開元三年（七一五）李白十五歳の時の作だという。

玉蟾は月の中に棲んでいるというひきがえるの事で、月を指す。雲畔は雲の塊《かたまり》。西園は立派な庭園の名。

2　雨後《うご》に月を望む

四郊《しこう》の陰靄散《いんあいさん》じ、／戸《と》を開《ひら》けば半蟾《はんせん》生《しょう》ず。
万里《ばんり》、舒霜合《じょそうがつ》し、／一条《じょう》、江練横《こうれんよこ》たふ。
出《い》づる時、山眼《さんがん》白く、／高き後《のち》、海心《かいしん》明《あきら》かなり。
為に惜しむ、団扇《だんせん》の如く、／長吟《ちょうぎん》して、五更《こう》に到《いた》る。

訳　辺《あた》りに立ちこめていた靄《もや》が晴れて来て、戸を開けて外を見ると、満月が半分出かかっている。遥か遠くの舒州《じょしゅう》までも霜が降《お》りていて、一《ひと》すじの練《ね》り絹の様な大河の流れが横たわっている。満月が上《のぼ》る時には山が白々《しろじろ》と見え、満月が空高く上った時には海が明るくなった様に見える。だからこの光景が見られなくなることを惜しんで、明け方の四時頃まで詩想を練っていたのだった。

関　「半蟾」は半月とも解せるが、上り始めた満月と解した。明月の夜を詠じた詩であろう。

3　雨に対《たい》す

簾《すだれ》を巻いて聊《いささ》か目を挙《あ》ぐれば、／露《つゆ》湿《うるお》ひて草綿綿《くさめんめん》たり。
古岫《こしゅう》雲毳《うんぜい》を披《ひら》き、／空庭《くうてい》に砕煙《さいえん》を織《お》る。
水紅《すいこう》愁《うれ》へて起《た》たず、／風線《ふうせん》重くして牽《ひ》き難《がた》し。
尽日《じんじつ》犂《すき》を扶《たす》くるの叟《そう》、／往来す江樹《こうじゅ》の前《まえ》。

訳　簾《すだれ》を捲き上げて少しばかり眺めると、草が雨露に濡れてしっとりとしている。山の古い洞穴《ほらあな》から柔らかな雲が湧き出ているし、人影も無い庭は雨が煙《けむ》っている。水紅《すいこう》（草の名）は愁《うれ》わし気《げ》に水面《みなも》に垂れており、風の道筋は重苦しくて吹き通り難《にく》い。一日中、犂《すき》

（農具）を手にして仕事をしている老人だけは、河岸の樹の前を往き来《き》して働いている。

関　題名は、雨の景色を見るという意味である。

4　暁晴《ぎょうせい》

野涼《やりょう》の疎雨《そう》歇《や》みて、／春色《しゅんしょく》偏《ひと》へに萋萋《せいせい》たり。
魚《うお》は躍《おど》つて青池《せいち》は満ち、／鶯《うぐいす》は吟《ぎん》じて緑樹《りょくじゅ》は低し。
野花《やか》の妝《よそお》ひは面《まのあたり》に湿《うるお》ひ、／山草《さんそう》の紐《ひも》は斜めに斉《ひと》し。
零落《れいらく》す残雲《ざんうん》の片《へん》、／風吹いて竹渓《ちくけい》に挂《か》く。

訳　夜降っていた小雨も止《や》んで、春らしい気分が一そう増している。魚が跳ねている池には青々とした水が漲《みなぎ》り、鶯が鳴く声が聞こえる。樹は低く繁っている。野に咲く花は雨に濡れており、山に生えている草は細く生え揃って斜めになっている。千切《ちぎ》れて空に残っている雲は、風に吹かれて竹林の空に浮かんでいる。

関　題名の暁晴は、夜来《やらい》の雨が晴れ上った明け方、ということである。

5　望夫石《ぼうふせき》

髣髴《ほうふつ》たり古《いにし》への容儀《ようぎ》、／愁《うれ》ひを含んで曙輝《しょき》を帯《お》ぶ。
露は今日《こんにち》の涙の如く、／苔《こけ》は昔年《せきねん》の衣《ころも》に似たり。
恨み有るは湘女《しょうじょ》に同じく、／言《げん》無きは楚妃《そひ》に類《るい》す。
寂然《せきぜん》たり芳靄《ほうあい》の内、／猶《な》ほ夫《つま》の帰《き》を待つが若《ごと》し。

訳　（石を見ると）昔の女性の様子が思い出されて来るが、石は悲し気な様子で朝日を浴びている。石が濡れている露は今日流している涙の様《よう》であり、石を覆《おお》っている苔《こけ》は女性の昔の衣服の様である。夫《おっと》に会えなかったのは湘《しょう》夫人と同じことだし、物を言わないのは楚妃《そひ》と同じ様である。ひっそりと春の靄《もや》の中にある石の姿は、まるで夫《おっと》の帰りを待っている様に見える。

関　帰らぬ夫を待ち続けている中に石に成ったという伝説の有る石のことを詠《よ》んでいる。

6　戴天山《たいてんざん》の道士《どうし》を訪《たず》ねて遇《あ》はず

犬は吠《ほ》ゆ水声《すいせい》の中《うち》、／桃花《とうか》は露《お》を帯びて濃《こまや》かなり。
樹《き》は深くして時に鹿を見、／渓《たに》は午《ひる》にして鐘を聞かず。
野竹《やちく》は青靄《せいあい》を分《わか》ち、／飛泉《ひせん》は碧峰《へきほう》に挂《かか》る。
人の去る所を知る無く、／愁《うれ》へて両《りょう》三松《さん》に倚《よ》る。

訳　流れる水の音が聞こえる中で犬が吠えているのが聞こえる。桃の花は露を帯びて色濃く咲いている。木が茂っている中に鹿を見かけるし、谷間はもう昼《ひる》になっているが鐘の音も聞こえない。所々に生えている竹は空高く茂っているし、滝は山の峰《みね》に懸《かか》っている。自分が訪《たず》ねる道士が何処《どこ》へ行ったか分らないので、がっかりして二、三本の松にもたれている。

関　この詩は、開元六年（七一八）李白十八歳の年の作だという。

7

江油《こうゆう》の尉《い》に贈《おく》る

嵐光深院《らんこうしんいん》の裏《うち》、／砌《せい》に傍《そ》ひて水冷冷《れいれい》。
野燕《やえん》は官舎《かんしゃ》に巣《す》くひ、／渓雲《けいうん》は古庁《こちょう》に入《い》る。
日は斜《なな》めにして孤吏《こり》過ぎ、／簾《すだれ》は捲《ま》いて乱峰《らんぽう》青し。
五色《しき》神仙の尉《い》、／香《こう》を焚《た》いて道経《どうきょう》を読む。

訳　山の空気は奥深い書院にまで満ちていて、石段に沿って水が冷え冷えと流れている。野の燕《つばめ》は官舎に巣を作っており、谷間に湧いた雲は古い庁舎にまで届く様だ。夕暮れ近くなって下働きの役人が来て、簾《すだれ》を捲《ま》き上げると、千切れ雲の空が青い。五色の衣《ころも》を身にまとった貴方《あなた》は、香《こう》を焚《た》いて道経の教典を読んでいる。

関　江油《こうゆう》は地名だが、江油の尉は誰なのか分っていない。尉は下級の官吏。

8　雍尊師《ようそんし》の隠居《いんきょ》を尋《たず》ぬ

群峭《ぐんしょう》の碧《みどり》は天を摩《ま》し、／逍遙《しょうよう》は年《とし》を記《き》せず。
雲を撥《はっ》して古道《こどう》を尋《たず》ね、／樹に倚《よ》つて流泉《りゅうせん》を聴く。
花は暖かくして青牛《せいぎゅう》臥《ふ》し、／松は高くして白鶴《はくかく》眠る。
語り来《きた》れば江色《こうしょく》暮れ、／独《ひと》り自《みずか》ら寒煙《かんえん》を下《くだ》る。

訳　峰《みね》々の木々の緑は大空に届く程であり、雍尊師がその自然の中を散歩するのは幾年になるのか分らない。雲間《ま》を去って古い道をさまよい歩き、疲れたら木に凭《もた》れて滝の音を聞いている。暖かな日ざしに花は咲き乱れ、そばに若い牛が寝そべっている。高い松の木には白い鶴《つる》が眠っている。雍尊師と話している中《うち》に辺りの景色が次第に暮れて来たので、私は一人で寒む寒むとした山の道を下ったのである。

関　雍尊師に就いては分っていないが、道教の僧ではないかと思われる。

9　錦城《きんじょう》の散花楼《さんかろう》に登《のぼ》る

日は照らす錦城《きんじょう》の頭《ほとり》、／朝は光《かがや》く散花楼《さんかろう》。
金窓《きんそう》は繍戸《しゅうこ》を夾《はさ》み、／珠箔《しゅはく》は銀鈎《ぎんこう》を懸《か》く。
飛梯《ひてい》は緑雲《りょくうん》の中《うち》、／極目《きょくもく》は我が憂《うれ》ひを散《さん》ず。
暮雨《ぼう》は三峡《きょう》に向《むか》ひ、／春江《しゅんこう》は双流《そうりゅう》を繞《めぐ》る。
今来《きた》りて一《ひと》たび登望《とうぼう》すれば、／九天《きゅうてん》に上《のぼ》つて遊ぶが如し。

訳　太陽は錦城《きんじょう》の辺りを照らしており、朝の日は散花楼《さんかろう》を照らしている。金箔の窓は色鮮《あざや》かな戸を嵌《は》め込んでおり、珠玉《しゅぎょく》の簾《すだれ》は銀の鈎《かぎ》に懸《かか》っている。雲の中まで届く様な高い梯子《はしご》を上ると、見渡す限りの景色は自分の鬱《ふさ》いだ気持ちを晴々《ればれ》とさせてくれた。夕方の雨は三峡《きょう》の辺りまで降っている様《よう》で、春の大河《たいが》は双流《そうりゅう》県を流れている。今、ここへ来て散花楼に上って景色を眺めると、大空の中へ上って遊んでいる様な気持ちになる。

関　この詩は、開元八年（七二〇）李白が二十歳の時の作だという。錦城《きんじよう》は成都《せいと》の町のことで、楼《ろう》は物見櫓《ものみやぐら》の様な高い建物のことである。三峡は長江《ちようこう》（揚子江《ようすこう》）の瞿塘峡《くとうきよう》・巫峡《ふきよう》・西陵峡《せいりようきよう》のことかと言われる。双流は県名である。

10　春感《しゆんかん》

茫茫《ぼうぼう》たる南と北と、／道直《なお》くして事は諧《かな》ひ難《がた》し。
楡莢《ゆきよう》の銭《せん》は樹《き》に生《しよう》じ、／楊花《ようか》の玉《たま》は街《まち》に糝《さん》す。
塵《ちり》は縈《めぐ》る遊子《ゆうし》の面《めん》、／蝶《ちよう》は弄《ろう》す美人の釵《さい》。
却《かえ》つて憶《おも》ふ青山《せいざん》の上、／雲門《うんもん》に竹斎《ちくさい》を掩《おお》ふ。

訳　涯《はて》も無く南に北に広がる土地に、道は真っ直《すぐ》についていても物事はうまく行かないものだ。楡《にれ》の樹の銭《ぜに》形の実《み》は木に生《な》っており、楊《すもも》の花の玉の形の花びらは街路に散《ちら》ばっている。塵埃《ちりほこり》は旅人の顔に降りかかって来るが、蝶《ちよう》は美しい女性の髪挿《かんざ》しにまといついている。

いる。だが、この様な町の日常よりも、緑の山の上にある雲門寺の竹林の書斎に身を置きたいと思う。

関　題名は春景色の感想という意味。

11　李邕《りよう》に上《たてまつ》る

大鵬《たいほう》、一日《いちじつ》風と同じく起《た》ち、／搏揺《ふよう》直《ただ》ちに上《のぼ》る九万里。
仮令《たとい》風歇《や》んで時に下《くだ》り来るとも、／猶《な》ほ能《よ》く簸却《はきやく》す滄溟《そうめい》の水。
時人《じじん》は我が恒《つね》に調《ちよう》を殊《こと》にするを見て、／余《よ》が大言《たいげん》を見て皆《み》な冷笑《れいしよう》す。
宣父《せんぷ》は猶《な》ほ能《よ》く後生《こうせい》を畏《おそ》る、／丈夫《じようふ》は未《いま》だ年少を軽《かろ》んず可《べ》からず。

訳　『荘子《そうじ》』に見える巨大な鳥の大鵬《たいほう》は、ある日、風と共に羽搏《はばた》いて忽《たちま》ち九万里も翔《と》ぶのである。もしも風が止《や》んでいる時ならば、下りて来ても大海の水をその大きな翼で揺り動かすのである。世間の人々は私が常に並《な》み外れた事をするのを見て、私の大きい規模の言葉を聞いて皆で冷笑している。孔子は後の世に立派な人が出るかも知れないと言われているのだ。一人前の人間は、まだ年少者だと思う者を軽く見てはいけないのだ。

関 李邕《りよう》は文人としても知られた官吏である。『荘子』の内篇「逍遥遊《しようようゆう》第一」の中に、「鵬の南冥《なんめい》に徙《うつ》るや、水の撃《げき》すること三千里、扶揺《ふよう》を搏《う》ちて上《のぼ》る者九万里」とある。扶揺は、つむじ風のこと。宣夫は孔子。

12 峨眉山《がびさん》に登る

蜀国《しよくこく》に仙山《せんざん》多く、／峨眉《がび》は邈《ばく》として匹《ひつ》し難《がた》し。
周流《しゆうりゆう》して登覧《とうらん》を試《こころ》むるに、／絶怪《ぜつかい》安《いず》んぞ悉《つく》すべけんや。
青冥《せいめい》は天に倚《よ》つて開き、／彩錯《さいさく》は画《えが》き出すかと疑ふ。
冷然《れいぜん》たる紫霞《しか》の賞《しよう》、／果《はた》して錦嚢《きんのう》の術《じゆつ》を得《え》たり。
雲間《うんかん》に瓊簫《けいしよう》を吟《ぎん》じ、／石上《せきじよう》に宝瑟《ほうしつ》を弄《ろう》す。
平生微尚《へいせいびしよう》有り、／歓笑《かんしよう》此《こ》れより畢《おわ》る。

煙容《えんよう》は顔《かんばせ》に在《あ》るが如く、／塵累《じんるい》は忽《たちま》ち相《あ》ひ失ふ。
儻《も》し騎羊《きよう》の子《こ》に逢《あ》はば、／手を携《たずさ》へて白日《はくじつ》を凌《しの》がん。

訳　蜀国《しょくこく》に神秘的な山が多いが、峨眉山《がびさん》は遥かに他の山々よりも神秘的である。山の周囲を歩いて見て峨眉山に登って見たが、その奇怪な山の様子は如何《どう》にも言い尽すことは出来ないのである。山の深い緑は天に向って伸びており、山の色は絵に描いた様に美しい。ざっと見渡した紫色の霞《かすみ》を心の中で讃美しながら、最後に錦《にしき》の袋に入れ置く様な仙人の術を心の中に得ることが出来た。かくて雲間《くもま》で簫《しょう》を吹き、岩間《ま》で立派な琴《こと》を奏《かな》でる様な気分に成った。ふだんから自分は仙術を得たいと思っていたが、これで満足することが出来た。仙人の様子は目の前に有る様に思われ、この世の煩わしいことは忽ち消え失《う》せてしまった。もしも羊《ひつじ》に乗った仙人に出会ったならば、手をつないで天上の仙人の世界に行こうと思う。

関　峨眉山は四川《しせん》省に有る山で、山の形が蛾《が》の眉（触角）の美しい形に似ているので峨眉山と名づけられたと言う。かなり高い山らしい。

13　峨眉山月歌《がびさんげつか》

峨眉山月半輪《がびさんげつはんりん》の秋、／影は平羌江水《へいきょうこうすい》に入《い》って流《なが》る。

夜《よる》、清渓《せいけい》を発して三峡《さんきょう》に向ふ、／君《きみ》を思へども見《み》ず、渝州《ゆしゅう》に下《くだ》る。

訳　秋の峨眉山に半輪《はんりん》の月が懸《かか》っているが、月の形は平羌江《へいきょうこう》の川の流れに映っている。その夜、清渓《せいけい》という土地から出発して三峡に向かったが、月を見たいと思っていたのに河の両岸の山に遮《さえぎ》られて見ることが出来ないまま渝州《ゆしゅう》まで河を下《くだ》って行ったのだった。

関　この詩は、開元十二年（七二四）李白二十四歳の時の作という。王世貞《おうせいてい》は、この二十八字の詩の中に、峨眉山・平羌江・清渓・三峡・渝州という五つの地名が詠み込まれている。並《なみ》の詩人ならば五つも地名をうまく詠み込めないだろう、と評している。江戸時代の日本の漢学者で、月半輪を、満月が高い山の頂《いただき》に半分隠されているのだ、と解釈したものが有ったたが、その解釈も面白い。「君」はふつう月を指していると解されている。

14　巴女詞《はじょし》

巴水《はすい》の急《きゅう》なること箭《や》の如く、／巴船《はせん》の去ること飛ぶが如し。
十月《じゅうがつ》、三千里、／郎《ろう》は行きて幾歳《いくさい》か帰る。

訳　長江《ちょうこう》の上流の巴水《はすい》の急流は矢の様に速く流れており、巴水を下《くだ》って行く船は飛ぶ様に速く下《くだ》って行く。秋の十月、三千里も遠い土地へ行ってしまった彼は、何年経《た》ったら帰って来るだろうか。

関　「郎」は、彼とかあの人とかの意で女性の気持ちになって詠んだ詩と思われる。

15　巫山《ふざん》の下《もと》に宿《やど》る

昨夜、巫山《ふざん》の下《もと》、／猿声《えんせい》、夢裏《むり》に長し。
桃花《とうか》、緑水《りょくすい》を飛ばし、／三月《さんがつ》、瞿塘《くとう》を下《くだ》る。

雨色《うしょく》、風吹き去り、／南行《なんこう》、楚王《そおう》を払ふ。
高丘《こうきゅう》、宋玉《そうぎょく》を懐《おも》ひ、／古《いにし》へを訪《おとな》ひて一《いっ》に裳《しょう》を霑《うるお》す。

訳 昨夜は巫山《ふざん》の麓《ふもと》に泊《とま》ったが、猿の声が夢の中で長々《ながなが》と聞こえていた。岸辺《きしべ》には桃の花が咲き、山の緑を映《うつ》す川が流れていて、今《いま》三月に瞿塘《くとう》へと流れている。雨の景色は風が吹き散らし、更に南へと吹いて行き、楚王《そおう》の地まで吹き散《ちら》すことだろう。高い丘《おか》の上に立って宋玉の詠んだ詩賦《しふ》のことを思い出し、昔の事を思い浮かべると、涙が浮かんで来て、衣服の袖《そで》を濡《ぬ》らすのであった。

関 この詩は、開元十三年（七二五）李白二十五歳の時の作だという。高丘は、山の名とする註も有る。

16 荊門《けいもん》を渡りて送別《そうべつ》す

渡《と》は遠し荊門《けいもん》の外《そと》、／来《きた》りて楚国《そこく》従り遊ぶ。

山は平野に随って尽き、／江《こう》は大荒《たいこう》に入《い》って流る。
月《つき》は下《くだ》って天鏡《てんきょう》を飛ばし、／雲《くも》は生《しょう》じて海楼《かいろう》を結ぶ。
仍《な》ほ故郷の水を憐《あわ》れみ、／万里行舟《ばんりこうしゅう》を送る。

訳 荊門山《けいもんざん》から離れた所の渡し場までは遠く、楚《そ》国から自分はこの土地にやって来た。山の裾《すそ》は平野まで続いており、大河は烈しく流れる所に注《そそ》いでいる。月は下界を照らして流れに天の鏡の様に映《うつ》っており、雲は湧き起って水に大きな影を落としている。これからも故郷を恋しく思って、長い旅路に上《のぼ》る貴方《あなた》の船を見送っている。

17 荊門《けいもん》に舟を浮かべて蜀江《しょくこう》を望《のぞ》む

春水《しゅんすい》は月峡《げっきょう》より来《きた》り、／舟を浮かべて望むに安《いず》くんぞ極《きわ》まらん。
正《まさ》に是《こ》れ桃花《とうか》の流れ、／依然《いぜん》たる錦江《きんこう》の色。
江色は緑且《か》つ明《あき》らかに、／茫茫《ぼうぼう》として天と平《たい》らかなり。

逶迤《いい》として巴山《はざん》尽き、／揺曳《ようえい》して楚雲《そうん》行く。
雪は照らす沙《さ》に聚《あつま》るの雁《かり》、／花は飛ぶ谷を出《い》づる鶯《うぐいす》。
芳洲《ほうしゅう》却《かえ》つて已《すで》に転《てん》じ、／碧樹《へきじゅ》は森森《しんしん》として迎ふ。
流目《りゅうもく》す浦煙《ほえん》の夕《ゆう》べ、／帆《ほ》を揚《あ》ぐれば海月《かいげつ》生《しょう》ず。
江陵《こうりょう》遥火《ようか》を識《し》れば、／応《まさ》に渚宮城《しょきゅうじょう》に到《いた》るべし。

訳 春の河の水は明月峡《めいげつきょう》から流れて来ており、舟を出して景色を眺めると、見《み》飽《あ》きない程である。正《まさ》しく桃の花が咲く河岸の景色であり、相変わらず美しい錦江《きんこう》の衣服の色を保っている。河水《かわみず》は樹々《きぎ》の緑を映《うつ》して明らかであり、ぼんやりと遠くまで霞《かす》んで大空の彼方《かなた》に融《と》け込んでいる。曲《まが》りくねって巴山《はざん》はこの地まで届いていて、棚引《たなび》く雲は楚国《そこく》の空の方へと流れている。雪は砂に集っている雁《かり》を照らし、花は谷から出ようとする鶯《うぐいす》に散りかけている。河の洲《す》は流れに従って向きを変えており、緑の木々はこんもりとして流れの向きを迎えているようである。浦辺《うらべ》の夕煙《ゆうけむり》たなびく景色を眺めて、舟の帆を揚《あ》げると海からの月が上《のぼ》って来た。遥かに江陵《こうりょう》の地の灯が見えて来ると、今や江陵の渚宮城《しょきゅうじょう》に到着したのであった。

関 月峡は明月峡のこと。渚宮城は楚の宮城で江陵を指《さ》している。

18 荊州《けいしゅう》の歌《うた》

白帝城《はくていじょう》辺《へん》、風夜《ふうや》に足《た》る、／瞿塘《くとう》五月、誰《たれ》か敢《あえ》て過《す》ぎん。
荊州、麦熟《むぎじゅく》して繭蛾《まゆが》と成《な》る、／糸《いと》を繰《く》つて君《きみ》が頭緒《とうしょ》の多きを憶《おも》ふ。
撥穀《はっこく》飛鳴《ひめい》、妾《しょう》を奈何《いかん》せん。

訳 白帝城《はくていじょう》の辺《あた》りは河風や波の荒い所で、五月にもなると通り過ぎる者も無い。荊州《けいしゅう》は麦が熟して、繭《まゆ》も蛾《が》に成る頃となった。糸を繰《く》りながら、あの人の事を色々と思っている。撥穀《はっこく》という夫婦の鳥は仲好く鳴いているというのに、私は一人で如何《どう》したらいいのだろうか。

関 撥穀は布告鳥《ふこくちょう》とも言うらしい。遠く旅する夫《おっと》を思う妻の気持ちに成って詠んだ詩であろう。

19　北溟《ほくめい》に巨魚《きよぎよ》有り

北溟《ほくめい》に巨魚有り、／身《み》の長さ数千里《り》。
仰《あお》いで三山《さんざん》の雪《ゆき》を噴《ふ》き、／横に百川《ひやくせん》の水を吞《の》む。
憑陵《ひようりよう》海の運《うん》するに随《したが》ひ、／燀風《せんぷう》の起《おこ》るに因《よ》る。
吾《われ》天を摩《ま》して飛ぶを観《み》るに、／九万方《まさ》に未《いま》だ已《や》まず。

訳　北の海に大きな魚がいるが、その魚の身長は数千里《り》も有る。上を向いて海にある三つの神仙の山に雪を吹きかけ、横に向くと百の川の水を吞み込んでしまう。この魚が進もうとする時に海が荒れていると、勢《いきお》い良く風を吹き起すのである。私が大空遥かにこの魚の飛び行くのを見ると、九万里飛び続けてもまだ止《とま》らないのである。

関　『荘子《そうじ》』逍遙遊《しようようゆう》第一の冒頭の説話を詩にしたものである。

20　江上《こうじょう》にて巴東《はとう》の故人《こじん》に寄《よ》す

漢水《かんすい》の波浪《はろう》遠く、／巫山《ふざん》は雲雨《うんう》飛ぶ。
東風《とうふう》は客夢《かくむ》を吹き、／西に此《こ》の中《うち》に落《おつ》るの時。
覚《さ》めての後《のち》、白帝《はくてい》を思ひ、／佳人《かじん》は我《われ》と違《たが》ふ。
瞿塘《くとう》は賈客《こかく》饒《おお》し、／音信《おんしん》希《まれ》ならしむる莫《な》かれ。

訳　長江《ちょうこう》の支流の漢水《かんすい》の河は遠く流れて、巫山《ふざん》では雲や雨が湧き起っている。東の風は旅人《たびびと》の夢を吹き覚《さま》し、西の漢水と巫山との間にまで吹いている。目が覚《さ》めてから白帝城のことを思って、良《い》い友達に私が会えないのを残念に思った。瞿塘峡《くとうきょう》の辺《あた》りには行商人も多いので、便りを託《たく》して、通信が途絶えない様にして欲しいものだ。

関　右の詩の佳人は、巴東にいる友人を指《さ》しているもので、美女の事とは限らない。

21　秋に荊門《けいもん》を下《くだ》る

霜《しも》は荊門《けいもん》に落ちて江樹空《こうじゅむな》しく、／布帆《ふはん》は恙無《つつがな》く秋風《しゅうふう》に掛《か》かる。
此《こ》の行《こう》は鱸魚《ろぎょ》の鱠《なます》の為《ため》ならず、／自《みず》から名山《めいざん》を愛して剡中《えんちゅう》に入《い》る。

訳　霜は荊門山《けいもんざん》の辺《あた》りに降《お》りていて、河の岸の樹々は葉を落している。舟の帆《ほ》は順調に秋風《あきかぜ》を受けて進んで行く。この旅は魚《さかな》の上等の料理を味《あじ》わう為ではない。自分の名山《めいざん》を愛する心から思い立った旅で、名山が多い剡中《えんちゅう》の地に行くものなのである。

関　荊門は山の名。題名は、荊門山の近くの河を舟で下《くだ》って行く、という意味だろう。剡中は剡県の地。

22　廬山《ろざん》の瀑布《ばくふ》を望《のぞ》む　二首（其の二）

日《ひ》は香炉《こうろ》を照らして紫煙《しえん》を生《しょう》じ、／遥かに看《み》る瀑布の前川《ぜんせん》に挂《か》くるを。
飛流直下三千尺《ひりゅうちょくかさんぜんせき》、／疑《うたが》ふらくは是《こ》れ銀河の九天《きゅうてん》より落《お》つるを。

訳　太陽は香炉峰《こうろほう》を照らして山は紫色の霞《かすみ》に煙《けむ》っている。遥かに滝の前に川が注《そそ》ぎ込んでいるのが見える。滝の流れは真直《まっす》ぐに落ちていて、滝の水は三千尺ほども落ちている。もしかするとこの滝は大空の銀河が落ちて来ているのかも知れない。

関　「廬山《ろざん》の瀑布《ばくふ》を望《のぞ》む、二首《しゅ》」の二首目の詩である。三千尺は比喩で実例ではない。

23

廬山《ろざん》の五老峰《ごろうほう》を望《のぞ》む

廬山《ろざん》の東南の五老峰《ごろうほう》、／青天《せいてん》の削《けず》り出《だ》す金芙蓉《きんふよう》。
九江《きゅうこう》の秀色《しゅうしょく》攬結《らんけつ》すべくんば、／吾《わ》れ将《まさ》に此の地に雲松《うんしょう》に巣《すく》はんとす。

訳　廬山《ろざん》の東南にある険《けわ》しい五つの峰《みね》は、青空に削り出した金色の蓮《はす》の花の様である。九江の大河の流れを眺められるならば、私はこの土地で隠居しようと思うのだ。

関　廬山は名山として知られる。江西省に有る。

24　天門山《てんもんざん》を望《のぞ》む

天門は中断《なかた》たれて楚江《そこう》開く、／碧水《へきすい》東に流れて北に至つて廻《めぐ》る。
両岸の青山《せいざん》は相ひ対して出《い》で、／孤帆《こはん》の一片《ぺん》は日辺《じっぺん》より来《きた》る。

訳　天門山は山が二つに分かれていて、その間を楚江《そこう》が流れている。河の青く澄んだ流れは東に流れているが、北まで流れて行くと北に向かって流れている。右と左の河岸の緑の山が向かい合っている所を抜け出ると、私の乗る小さな舟は、太陽が上《のぼ》る東の辺《あた》りから来たことが分《わか》る。

関　日辺には諸説が有って、太陽が上る東を指すとか、夕日のことを指すとか、長安の都を指すとか、論じられている。

25

崔《さい》十二の天竺寺《てんじくじ》に遊ぶを送《おく》る

還《ま》た聞く天竺寺《てんじくじ》、／夢想《むそう》して東越《とうえつ》を懐《おも》ふ。
毎年の海樹《かいじゅ》の霜《しも》、／桂子《けいし》は秋の月に落つ。
君が此の地に遊ぶを送るも、／已《すで》に流芳《りゅうほう》の歇《や》むに属《ぞく》す。
我が来歳《らいさい》に行くを待ちて、／相ひ随つて溟渤《めいぼつ》に浮かばん。

訳　またしても天竺寺《てんじくじ》の名を聞くと、東越《とうえつ》（杭州《こうしゅう》）の地のことが思い浮かぶ。毎年、海辺の木に霜が降《お》りる頃、秋の月から桂《かつら》の実《み》が落ちて来るという。君がこの土地に出かけるのを見送るが、もう色々な草花は凋《しぼ》んでいることだろう。君は私が来年その地に出かけるのを待っていてくれて、私は君と一緒に大海に浮かぼうと思っているのだ。

関　崔十二は誰なのか分っていない。天竺寺は杭州に有るという。

26

白紵《はくちょ》の辞《じ》　三首（其の一）

清歌《せいか》を揚《あ》げて皓歯《こうし》を発《ひら》く、／北方《ほくほう》の佳人《かじん》、東隣《とうりん》の子《こ》。
旦《しばら》く白紵《はくちょ》を吟《ぎん》じて淥水《りょくすい》を停《とど》め、／長袖《ちょうしゅう》に面《おもて》を払《はら》って君《きみ》が為《ため》に起《た》つ。
寒雲《かんうん》は夜《よる》捲《ま》いて霜海《そうかい》空《むな》しく、／胡風《こふう》は天を吹いて寒鴻《かんこう》を飄《ひるがえ》す。
玉顔《ぎょくがん》満堂、楽しみ未《いま》だ終らず。

訳　清らかな歌声と共に白い歯を開いているのは、北方の美女や東隣《とうりん》の地の若い娘である。暫《しばら》く白紵《はくちょ》の曲を歌ったり淥水《りょくすい》の曲を歌い終ると、踊りの衣裳の長い袖《そで》で顔を隠して、主君《しゅくん》の御言葉を得ようと立ち上《あが》る。冬の寒い雲は夜空を覆《おお》っていて、大地は霜が海の様に降《お》りていて、塞外《さいがい》の地から吹いて来る風は、塞の辺りに棲《す》む鴻《おおとり》に吹きつけている。主君たちの御顔は会場一杯に満ちていて、美女たちの歌や踊りの楽しみは続くのである。

関　白紵も淥水も呉の地名で、呉の地の歌舞を指しているという。

27
楊叛児《ようはんじ》

君《きみ》は歌ふ楊叛児《ようはんじ》、／妾《しよう》は勧《すす》む新豊《しんぽう》の酒《さけ》。
何許《いくばく》か最も人に関する、／烏《からす》は啼《な》く白門《はくもん》の柳。
烏は啼《な》いて楊花《ようか》に隠《かく》れ、／君は酔《よ》ひて妾《しよう》が家に留《とど》まる。
博山炉中沈香《はくざんろちゆうちんこう》の火、／双煙《そうえん》一気紫霞《しか》を凌《しの》ぐ。

訳　貴方《あなた》は「楊叛児《ようはんじ》」の歌を歌っているが、私は新豊《しんぽう》の地酒を差し上げようと思う。西の白門《はくもん》の柳《やなぎ》で烏《からす》が啼《な》いているが、どれだけ人の心を動かすだろうか。烏は啼きながら楊《やなぎ》の花の間に隠《かく》れてしまうが、貴方は酔ったら私の家に泊《とま》って下さい。博山《はくざん》の香炉《こうろ》の中では沈香《じんこう》の良い香《かお》りが漂《ただよ》っていて、二筋の煙は一気に立ち上《のぼ》っており、仙人の棲む地の紫の霞も凌《しの》ぐ様に見えている。

関　この詩は開元十四年（七二六）李白二十六歳の時の作という。楊叛児《ようはんじ》は本来は童謡の題名だったらしい。

28　酒《さけ》に対《たい》す

葡萄《ぶどう》の酒に金《きん》の叵羅《はら》。／呉姫《ごき》は十五にして細馬《さいば》に駄《だ》す。

青黛《せいたい》は眉《まゆ》を画《えが》き、紅錦《こうきん》は靴《くつ》はく。／字を道《い》ふに正しからざれど唱歌を嬌《なまめかし》くす。

玳瑁《たいしようえん》筵中、懐裏《かいり》に酔《よ》ふ。／芙蓉《ふよう》の帳裏《ちょうり》、君を奈何《いかん》せん。

訳　葡萄酒《ぶどうしゅ》は金《きん》の盃で味《あじ》わう。呉姫《ごき》（呉の地の少女）は、まだ十五歳の若さで、小さな馬に騎《の》っている。青い色の眉墨《まゆずみ》で眉を描《か》き、紅《あか》い錦《にしき》の布の靴を履いている。彼女《かのじょ》は文字を正しく書けないのだが、歌はなまめかしく歌っている。身分の高い人達の宴席で、身近かに酔《よ》っていて、もしも芙蓉の帳《とばり》（カーテン）の中に居たなら、貴方は如何《どう》するやら。

関　美少女が注《つ》いでくれる葡萄酒に気持ち良く酔って行く心境を想像した詩であろう。

29　陌上《はくじよう》にて美人《びじん》に贈《おく》る

駿馬《しゅんめ》は驕《おご》り行きて落花《らっか》を踏《ふ》み、／鞭《むち》を垂《た》れて直《ただ》ちに払《はら》ふ五雲《ごうん》の車《くるま》。
美人は一笑して珠箔《しゅはく》を褰《かか》げ、／遥かに紅楼を指《ゆび》さして是《こ》れ妾《しょう》が家と。

訳　駿馬《しゅんめ》（脚の速い馬）の曳く車は地面の落花を踏みながら、御者《ぎょしゃ》は鞭《むち》を垂れて仙人が乗る様な五雲《ごうん》の車を進めている。美しい女性はニッコリと微笑《ほほえ》んで車の窓の玉の簾《すだれ》を掲《かか》げて、遥か向うの家を指《ゆび》さして、「あれが私の家ですのよ」と言う。

関　題名の陌上《はくじょう》は市中の大通りの意味。紅楼は大きな家、あるいは彼女のいる家をいう。

30　段七娘《だんしちじょう》に贈《おく》る

羅襪《らべつ》波を凌《しの》いで網塵《もうじん》を生《しょう》ず、／那《なん》ぞ能《よ》く計《けい》を得《え》て情親《じょうしん》を訪《おとな》はん。
千杯の緑酒《りょくしゅ》何《なん》ぞ酔《よい》を辞《じ》せん、／一面《めん》の紅粧《こうしょう》は人を悩殺《のうさつ》す。

訳　薄絹《うすぎぬ》の靴下の足で歩くと、小波《さざなみ》の様に静かで細《こま》かい塵《ちり》が立っている。彼女はどうして金《かね》を手に入れて愛人を訪問することが出来るだろうか。これ迄に千杯の美酒を飲んで酔った事が有る（生活だった）が、彼女の頬に満ち溢れる女性としての表情は、男性の心をそそるものであった。

関　題名の段七娘は誰なのか分っていない。彼女の名ではないかと言う。紅妝《こうしょう》は美しい粧《よそお》い。悩殺は男の心をそそること。

31　金陵《きんりょう》の酒肆《しゅし》にて留別《りゅうべつ》

風は柳の花を吹いて満店《まんてん》に香《かんば》しく、／呉姫《ごき》は酒を圧《お》して喚客《かんきゃく》をして嘗《な》めしむ。
金陵の子弟《してい》は来《きた》りて相《あ》ひ送るに、／行かんと欲して行かずに各〻《おのおの》觴《しょう》を尽《つく》す。
請《こ》ふ、君試《こころ》みに問へ、東流の水に、／別意《べつい》は之《これ》と誰《たれ》か短長《たんちょう》せん、と。

訳　風が柳の花を吹いていて、店中《みせじゅう》に良い香りが漂っている。呉《ご》の地の娘さんは酒を勧《すす》めてお客さんに飲ませようとする。金陵《きんりょう》の者たちは集って見送りに来てくれるが、旅立《たびだ》つ者もまだ旅立たずに酒を飲んでいる。どうか君に尋ねたいが、この東に流れる河の水と、別れを惜しむこの気持は、この河の流れより短いだろうか、長いだろうか。

関 金陵は今の南京《なんきん》だという。留別は、別れを惜しむ。喚客は呼び止めた客の意だろうか。使客嘗とする本も有る。

32 口《こう》号《ごう》

食《しょく》は野《や》田《でん》を出《い》でて美《び》にして、／酒《さけ》は遠水《えんすい》に臨《のぞ》んで傾《かたむ》く。
東流《とうりゅう》若《も》し未《いま》だ尽《つ》きざらば、／応《まさ》に見るべし別離《べつり》の情《じょう》。

訳 食べ物は田畑から採《と》れたので味が良く、酒は遠水《えんすい》の大河の流れが尽きないのと同じ様に、別れを惜しむ気持も尽きないのだ。

関 口号は胸中の思いが口をついて言葉になるという意味。

33　估客行《こかくこう》

海客《かいかく》は天風《てんぷう》に乗《じょう》じ、／船《ふね》を将《も》つて遠《とお》く行役《こうえき》す。
譬《たと》へば雲中《うんちゅう》の鳥《とり》の如く、／一去《いっきょ》して蹤跡《しょうせき》無し。

訳　船で海を往来する商人は、風に帆を張って出港し、船旅で遠くへ出かけてしまった。それは譬《たと》えて見れば雲の中を飛ぶ鳥の様なもので、一《ひと》たび飛び去れば、その行方《ゆくえ》は分らない。

関　估客は商人のこと。

34　広陵《こうりょう》にて贈別す

玉瓶《ぎょくへい》に美酒《びしゅ》を沽《か》ひ、／数里《すうり》、君の還《かえ》るを送る。
馬を繋《つな》ぐ垂楊《すいよう》の下《もと》、／盃《さかずき》を銜《ふく》む大道《たいどう》の間《あいだ》。
天辺《てんぺん》に緑水《りょくすい》を看《み》、／海上《かいじょう》に青山《せいざん》を見る。
興罷《きょうや》んで各〻《おのおの》袂《たもと》を分《わか》つに、／何《なん》ぞ酔別《すいべつ》の類を須《もち》ひん。

訳 綺麗な瓶《びん》に上等の酒を買って入れ、数里の道程《みちのり》を貴兄が帰って行くのを見送っている。枝垂《しだ》れ柳の幹《みき》に馬を繋《つな》ぎ、酒盃《さかずき》の酒を口に含んでいる。大空の下《もと》に大河の流れを見《み》、海原《うなばら》の向《むこ》うに緑の山が見えている。酒宴もお開きとなり、それぞれ別れることとなった。酒に酔って別れの悲しさを紛《まぎ》らわすことなど出来ない。（本気で別れが悲しいのだ。）

関 広陵は楊州《ようしゅう》のことだという。

35 越女詞《えつじょし》 五首《しゅ》

長干《ちょうかん》の呉児女《ごじじょ》は、／眉目星月《びもくせいげつ》よりも艶《えん》なり。

屐上《げきじよう》の足は霜《しも》の如く、／鴉頭《あとう》の襪《べつ》を着《つ》けず。

訳　呉《ご》の長干《ちようかん》の土地の娘は、顔立ちが星や月の如く美しい。靴から出ている足は霜《しも》の様に白く、鴉頭《あとう》という足袋《たび》を穿《は》いていない（が、魅力的である）。

其の二

呉児《ごじ》の多くは白皙《はくせき》、／好《この》んで蕩舟《とうしゆう》の劇《げき》を為《な》す。
眼《まなこ》を売《う》つて春心《しゆんしん》を擲《なげう》ち、／花を折つて行客《こうかく》に調《ちよう》す。

訳　呉の地の女性の多くは色白《いろじろ》で、面白がって舟を揺《ゆ》すぶったりする。目くばせして男心を惹《ひ》きつけたり、花の枝を折って道を行く男性に差し出したりしている。

其の三

耶渓《やけい》に採蓮《さいれん》する女は、／客を見て棹歌《とうか》して回《まわ》る。
笑つて荷花《かか》に入《い》つて去り、／佯《いつわ》り羞《はじ》て出《い》で来《きた》らず。

訳　若耶渓《じゃくやけい》で蓮《はす》の花を採《と》っている女性は、男性を見ると舟唄《ふなうた》を歌いながら舟を漕ぎ廻して、笑いながら蓮《はす》の花の奥へと向って遠去《とおざ》かって行き、恥ずかしそうにして男性の前に姿を現わそうとしない。

其の四
東陽《とうよう》の素足《すあし》の女と、／会稽素舸《かいけいそか》の郎《ろう》と、
相《あ》ひ看《み》て月未《いま》だ堕《お》ちず、／白地《はくち》に肝腸《かんちよう》を断《た》つ。

訳　東陽県の素足《すあし》の女性と会稽《かいけい》から来た木《き》船の船乗りと（が会っているが）、話し込んでいても月はまだ沈んでいない。どのみち別れの悲しい刻《とき》が迫っているのだ。

其の五
鏡湖《きようこ》の水は月の如く、／耶渓の女は雪の如し。
新妝《しんしよう》は新波を蕩《うごか》し、／光景は両《ふた》つながら奇絶《きぜつ》。

訳　会稽《かいけい》にある鏡湖は月の様に輝いている。若耶渓《じゃくやけい》の女性は雪の様に色白《いろじろ》だ。女性の粧《よそお》いは湖《みずうみ》の面《おもて》を輝かして、女性の美しさと湖の面と両方とも実に美しい。

関　呉の地の若い女性たちを描写した詩。

36　浣紗《かんさ》石上《せきじょう》の女

玉面耶渓《ぎょくめんやけい》の女、／青蛾紅粉《せいがこうふん》の粧《よそおい》、

一双金歯《そうきんし》の履《くつ》、／両足の白きこと霜《しも》の如し。

訳　宝石の様に美しい若耶渓《じゃくやけい》の地の女性は、青く綺麗に引いた眉《まゆ》に化粧《けしょう》した姿で、一揃いの金属の靴を履《は》いていて、靴から出ている両足の白さは、まるで霜の様な透明さである。

関　青蛾は眉墨のことである。

37　採蓮曲《さいれんきょく》

若耶渓《じゃくやけい》の旁《かたわ》らに蓮《はす》を採《と》る女、／笑って荷花《かか》を隔《へだ》てて人と共に語《かた》る。
日は新粧《しんしょう》を照らして水底《みなそこ》に明《あきら》かに、／風は香袂《こうべい》を飄《ひるがえ》して空中に挙《あ》がる。
岸上《がんじょう》に誰《た》が家《いえ》の遊冶郎《ゆうやろう》ぞ、／三三五五《さんさんごご》垂楊《すいよう》に映《えい》ず。
紫騮《しりゅう》嘶《いなな》いて落花に入《い》って去れば、／此れを見て踟躕《ちちゅう》空《むな》しく断腸《だんちょう》。

訳　若耶渓《じゃくやけい》の辺《あた》りで蓮《はす》の花を採《と》っている女性が居るが、笑いながら蓮の花の間《あいだ》で誰かと話し合っている。日が若々しい粧《よそおい》を照らしていてその影は地の水の底まで届いている様《よう》だし、風が女性の良い香りの袂《たもと》を空中に吹き上げている。岸辺《きしべ》にいるのは、どこの家の遊び人《にん》の若者たちだろうか。三三五五と連れ立って枝垂《しだ》れ柳の傍《かたわ》らに居るのが見える。乗っている良い馬がいなないて、落ちている花びらを踏みつけてその場を立ち去ろうとした時、馬上の若者は蓮の花を採《と》っている美貌の女性を見て、その場を立ち去ることも出来ずに、心を悩ませている。

関　荷花《かか》は、蓮《はす》の花。遊冶郎《ゆうやろう》は、遊び人《にん》の若者。紫騮《しりゅう》は、名馬《めいば》。踟躕《ちちゅう》は、徘徊《はいかい》する。

38 渌水曲《りよくすいきよく》

渌水《りよくすい》、秋日《しゆうじつ》に明《あきら》かに、／南湖《なんこ》に白蘋《はくひん》を採《と》る。
荷花《かか》は嬌《きよう》として語らんと欲し、／愁殺《しゆうさつ》す蕩舟《とうしゆう》の人。

訳 清《きよ》らかに澄んだ水は、秋の日の光を受けて明るく輝き、南湖《なんこ》では四《よ》つ葉《ば》の田《た》の字草《じぐさ》を採《と》ろうとしている女性がいる。蓮《はす》の花はあでやかに物言《ものい》いたげに咲いており、揺れる舟に乗っている若者を悩《なや》ましくするのである。

関 渌水《りよくすい》は、清《きよ》らかに澄んだ水。白蘋《はくひん》は、四《よ》つ葉《ば》とか田《た》の字草《じぐさ》と呼ぶ草らしい。「渌水《りよくすい》曲」は、本来は琴《こと》の曲名だという。

39 秋夕旅懐《しゆうせきりよかい》

涼風《りょうふう》は秋海《しゅうかい》を度《わた》り、／我が郷思《きょうし》を吹いて飛ぶ。
連山《れんざん》は去《さ》つて際《さい》無く、／流水《りゅうすい》は何《いず》れの時にか帰《かえ》らん。
目は極《きわ》む浮雲《ふうん》の色《いろ》、／心は断《た》ゆ明月《めいげつ》の暉《かがや》き。
芳《ほう》は柔艶《じゅうえん》を歇《や》めて、／白露《はくろ》は寒衣《かんい》を催《もよお》す。
夢は長くして銀漢《ぎんかん》は落ち、／覚《さ》め罷《や》んで天星稀《てんせいまれ》なり。
悲《かな》しみを含んで旧国《きゅうこく》を想《おも》へば、／涙下《なんだくだ》つて誰《たれ》か能《よ》く揮《ふる》はん。

訳　涼しい秋風は海を渡って吹いて来るが、私の故郷を思う気持ちをかき立てる様《よう》である。山々の連《つら》なる様子は何処《どこ》までも続いているし、流れ行く河の水は何時《いつ》になったら戻って来るのだろうか。目で見渡す空の雲の色や、夜の心は明るい月の光に輝くのである。香りの良い草は、なよやかな美しさを失い、白露《しらつゆ》は寒さの重《かさ》ね着の季節になった事を示している。長い夜の夢が覚める頃には空の天《あま》の河《かわ》も薄れて行き、目が覚める頃には星影も疎《まば》らである。悲しい気持で故郷の国の事を思い出すと、涙が溢れて来て、誰が慰めてくれるだろうか。

関　題名は秋の夕べに旅人の思い、の意。

40　山中問答《さんちゅうもんどう》

余《よ》に問ふに何《なん》の意ぞ碧山《へきざん》に棲《す》むは、／笑つて答へず心は自《おのず》から閑《かん》なり。
桃花《とうか》の流水《りゅうすい》は窅然《ようぜん》として去り、／別《べつ》に天地の人間《じんかん》に非《あら》ざる有り。

訳　私に「どうして緑の茂った山の中に住んでいるのか」と尋ねる人が有るが、私は笑うだけで答えたりしない。でも私の心は自然に落着いているのだ。桃の花を映《うつ》している河の水は遠く迄流れて行っているが、この山中の生活は俗世間とは別な世界なのだ。

関　この詩は、開元十五年（七二七）李白二十七歳の時の作だという。

41　南軒《なんけん》の松《まつ》

南軒《なんけん》に孤松《こしょう》有りて、／柯葉《かよう》自《おのず》から綿冪《めんべき》なり。
清風《せいふう》は閑《かん》なる時《とき》無く、／蕭灑《しょうしゃ》は日夕《にっせき》を終る。
陰《かげ》は古苔《こたい》の緑を生《しょう》じ、／色は秋煙《しゅうえん》の碧《みどり》を染《そ》む。
何《いず》れ当《まさ》に雲霄《うんしょう》を凌《しの》ぎて、／直《ただ》ちに数千尺を上《のぼ》るべし。

訳　南の軒端《のきば》近くに一本の松の樹が有るが、枝や葉が自然と生《お》い茂っている。穏《おだや》かな風がいつも吹いていて、朝から晩まで清らかな姿を見せている。松の蔭は古い苔の上の緑の影を落し、秋の空気を松は深い緑に染められている様《よう》である。いつかこの松は大空高く伸びて行き、数千尺の高さにも成ることだろう。

関　松の木の形を借りて、李白自身の大志を述べているのだという解釈が有る。

42　静夜《せいや》に思ふ

牀《しょう》前《ぜん》に月光を看《み》るに、／是《こ》れ地上の霜《しも》かと疑ふ。
頭《こうべ》を挙《あ》げて山月《さんげつ》を望み、／頭を低《た》れて故郷《こきょう》を思ふ。

訳 寝室の窓から月の光に照らされた庭が見える。まるで霜が降《お》りたのかと思う程、庭の地面が月の光に白く輝いて見える。顔を上げて山の上の月を眺め、うつ向いて故郷《ふるさと》の事を思い出すのである。

関 山月は明月とすべきだ等と言う意見も有るらしいが、この詩の眼目《がんもく》は「故郷を思ふ」なのである。

43 黄鶴楼《こうかくろう》にて孟浩然《もうこうねん》の広陵《こうりょう》に之《ゆ》くを送る

故人《こじん》西のかた黄鶴楼《こうかくろう》を辞《じ》し、／煙花《えんか》三月揚州《ようしゅう》に下《くだ》る。
孤帆《こはん》の遠影碧空《えんえいへきくう》に尽《つ》き、／唯《ただ》見る長江《ちょうこう》の天際《てんさい》に流《なが》るるを。

訳　古くからの友人（孟浩然）が西の黄鶴楼で別れを告《つ》げて、春霞《はるかすみ》に包まれ花の咲く三月に揚州《ようしゅう》に下《くだ》って行く。友《とも》が乗った一艘《そう》の舟の帆が遠《とお》ざかって青空《あおぞら》の中に溶《と》け込んで行くと、後《あと》はただ長江《ちょうこう》が大空の涯《はて》まで流れているのが見えるだけだ。

関　開元十六年（七二八）李白二十八歳の時の作という。この年、李白は結婚した。広陵は揚州のこと。黄鶴楼は湖北省の黄鶴山にある楼《たかどの》（高い建物）。長江は揚子江ともいう。天際《てんさい》は水平線。

44　西国《せいこく》に美女《びじょ》有り

西国に美女有りて、／楼《ろう》を結ぶ青雲《せいうん》の端《たん》。
蛾眉《がび》は暁月《ぎょうげつ》よりも豔《えん》にして、／一笑《いっしょう》すれば城《しろ》を傾《かたむ》けて歓《よろこ》ぶ。
高節《こうせつ》は奪《うば》ふべからずして、／炯心《けいしん》は凝丹《ぎょうたん》の如し。
常《つね》に恐る彩色《さいしょく》の晩《おそ》くして、／人の観《み》る所と為《な》らざるを。
安《いず》くんぞ君子《くんし》に配《はい》して、／共に双飛《そうひ》の鸞《らん》に乗《じょう》ずるを得《え》ん。

訳　西方の国に美しい女性がいるが、楼《たかどの》（高い建物）に上って大空の雲を手にしているようだ。美しい形の眉《まゆ》は明け方の月よりも艶《つや》やかで、ニッコリ笑うと城と引き換えたい程の魅力《みりよく》が有る。彼女が身を守っているのを奪うことは出来ないし、彼女の明るい心は、不老不死の薬の様《よう》である。彼女がいつも心配しているのは、自分の容色が衰えて、誰も彼女に注目しなくなることである。どうやって立派な男性と連れ立って、二人で一緒に尊い車に乗ることが出来るだろうか。

関　西国の美女は、李白が空想して描いた美女の様に思われる。

45　青春《せいしゅん》は鶯《きよう》喘《たん》に流《なが》る

青春《せいしゅん》は鶯《きよう》喘《たん》に流《なが》れ、／朱明《しゅめい》は驟《にわ》かに回薄《かいはく》す。
秋蓬《しゅうほう》を看《み》るに忍《しの》びずして、／飄《ひよう》揺《よう》して竟《つい》に何《いず》れかに託《たく》する。
光風《こうふう》は蘭蕙《らんけい》を滅《ほろぼ》し、／白露《はくろ》は葵《きよう》藿《かく》に灑《そそ》ぐ。

美人は我と期せずして、／草木は日に零落す。

訳　春の季節は早瀬《はやせ》の様に流れ去ってしまい、夏の季節も早々《はやばや》と過ぎさってしまう。秋になって枯れた蓬《よもぎ》は見たくもないが、風に吹かれるままに何処《どこ》かへ散ってしまうのだ。白々《しろじろ》と吹く風は、野の草を枯らしてしまい、冷たい露《つゆ》は、葵《あおい》や藿《かく》（豆の葉）を凋《しぼ》ませるのである。美しい女性が私と結ばれることも無く、草も木も日増《ひま》しに枯れてしまうのである。

関　詩の中の美人は君主を指すとして、日毎に衰えて行く身であるのに、まだ自分を召し抱える君主が居ない、という詩意に解されている。

46　秋思《しゅうし》

春陽《しゅんよう》は昨日《きのう》の如く、／碧樹《へきじゅ》に黄鸝《こうり》を鳴かしむ。
憮然《ぶぜん》たる蕙草《けいそう》の暮れ、／颯爾《さつじ》として涼風《りょうふう》吹く。
天は秋にして木《こ》の葉下《はふ》り、／月は冷《ひや》やかにして莎鶏《さけい》悲しむ。

坐《そぞろ》に愁《うれ》ふ群芳《ぐんほう》歇《や》みて、／白露《はくろ》の華《はな》を凋《しぼ》ましむるの滋《しげ》きを。

訳 春の日ざしは昨日《きのう》まで有った様《よう》だし、緑の樹々《きぎ》の間では鶯《うぐいす》が鳴いていた。荒れ果てた雑草の地に日が暮れると、サッと涼しい風が吹いて来る。秋の気配《けはい》が満ちて来ると木の葉も落ち始めて、月の光は冷《ひや》やかになって、きりぎりすの鳴く声も悲し気《げ》である。少しずつ多くの草が枯れて行き、白露《しらつゆ》が美しい草花を凋《しぼ》ませるのがやり切れない思いがする。

関 題名は「秋に思ふ」で、秋の季節に成った感想を詠んだ詩である。

47　長相思《ちょうそうし》

長相思《ちょうそうし》は、長安に在り。／絡緯《らくい》の秋に啼《な》く金井闌《きんせいらん》に、

微霜凄凄《びそうせいせい》として簟色《てんしょく》寒《さむ》し。／孤燈明らかならずして思ひ絶えんと欲し、

帷《い》を巻いて月を望《のぞ》んで空《むな》しく長嘆《ちょうたん》す。／美人《びじん》は花の如く雲端《うんたん》を隔《へだ》て、

上《うえ》には青冥《せいめい》の高天《こうてん》有り。／下《した》には渌水《りょくすい》の波瀾《はらん》有り。

郵便はがき

恐縮ですが郵便切手をお貼り下さい

167-0052

杉並区南荻窪一—二五—三

明徳出版社行

ふりがな 芳名	年齢 才
住所 〒	
メールアドレス	
職業	電話 （ ）
お買い求めの書店名	このカードを前に出したことがありますか はじめて （ ）回目

書　名

愛読者カード

ご購読ありがとうございます。このカードは永く保存して、新刊案内のご連絡を申し上げますので、何卒ご記入の上ご投函下さい。

この本の内容についてのご意見ご感想

紹　介　欄

本書をおすすめしたい方をご紹介下さい。ご案内を差しあげます。

「明徳出版社図書目録」を御希望の方に送呈します。

□ 希望する　□ 希望しない

メールでご依頼頂いても結構です。

メールアドレス：info@meitokushuppan.co.jp

天《てん》長く路《みち》遠くして魂の飛ぶこと苦《く》なり。／夢魂《むこん》は到らず関山《かんざん》は難《かた》し。
長《なが》く相《あ》ひ思《おも》ひて、心肝《しんかん》を摧《くだ》く。

訳 長い間、思っているのは、長安《ちょうあん》の都の事である。きりぎりすが秋になって鳴いているのは金色の、井戸の手摺《てす》りである。薄霜《うすじも》が冷《ひや》やかに降《お》りて簟《てん》の色も枯れ始めた。燈《ともしび》一つで周囲はほの暗く、物思いも失《う》せてしまいそうになっている。帷《とばり》（カーテン）を巻き上げて月を眺めれば、思わず溜《た》め息《いき》が出るのだ。自分が愛している美しい女性は、花の美しさの大空の雲の彼方《かなた》に有る様《よう》だし、（彼女に会いたくても）上を見れば青い深い水の面《おもて》に波が立っている。大空が高く遠い道のりだとなれば、魂が彼女のもとに行き着くのも困難であり、夢に見る魂さえ越えて行くことが難しく、長い年月を互いに思い合いつつも、真心《まごころ》を注《そそ》いでいるのである。

関 長相思は、「長《とこし》へに相《あ》ひ思ふ」という語意であるが、楽府《がふ》（宮廷音楽）の曲名であるという。詩中の美人は君主を譬えているとして、君主に認められたい気持ちを詠《よ》んだ詩であると解されている。なお、この詩は開元十八年（七三〇）李白三十歳の時の作という。

48　太白《たいはく》の峰《みね》に登《のぼ》る

西のかた太白の峰《みね》に上《のぼ》り、／夕陽《せきよう》に登攀《とうはん》を窮《きわ》む。
太白は我と語《かた》り、／我が為《ため》に天関《てんかん》を開く。
願《ねが》はくは冷風《れいふう》に乗《じょう》じて去《さ》り、／直《ただ》ちに浮雲《ふうん》の間《かん》を出《い》でん。
手を挙《あ》ぐれば月に近づくべく、／前行《ぜんこう》に山無きが若《ごと》し。
一《ひと》たび別れて武功《ぶこう》に去り、／何《いず》れの時にか復《また》 再《ふたた》び還《かえ》らん。

訳 西にある太白《たいはく》山に登って、夕日の頃に頂上まで辿《たど》り着いた。空の太白星は私に語りかけ、私の為に天の入り口を開いてくれる様《よう》だ。出来ることなら軽《かろ》やかな風の力を借りて出かけて、すぐに空に浮かぶ雲の間から抜け出したいものだ。手を伸ばせば月に届くかと思われ、目の前に高い山は見えないのである。一応《いちおう》はこの太白山とも別れて武功の地まで行き、いつかまた、もう一度太白山に戻って来ようと思う。

関 太白山は陝西《せんせい》省武功県の南に有る山。

49　新平《しんぺい》の楼《ろう》に登る

国を去って茲《ここ》の楼《ろう》に登り、／帰ることを懐《おも》ひて暮秋《ぼしゅう》を傷《いた》む。
天《てん》は長くして落日《らくじつ》遠く、／水は浄《きよ》くして寒波《かんぱ》流る。
秦雲《しんうん》は嶺樹《れいじゅ》に起り、／胡雁《こがん》は沙洲《さしゅう》に飛ぶ。
蒼蒼《そうそう》たる幾《いく》万里に、／目極《めきわ》まって人をして愁《うれ》へしむ。

訳　故国を去ってこの楼《ろう》（高い建物）に上《のぼ》って、いつ故郷に帰れるだろうかと思うと、晩秋の空気が心に沁《し》み込む。大空は広々《ひろびろ》としていて、遥か遠くに夕日が沈もうとしている。河の水は清らかに冷たい波を立てて流れている。秦《しん》の地の雲は山の頂上の木々から湧き出た様《よう》に見え、辺境の地の雁《がん》は河の中洲の辺りを翔《と》んでいる。見渡す限りの青々とした山肌は何《なん》万里も遠くまで続いている様で、見渡していると旅人の私の心は淋しくなるのである。

関　新平は、郡や県の名らしい。楼《ろう》は高殿《たかどの》（高い建築物）のことである。

50　少年行《しょうねんこう》　二首（其の二）

五陵《ごりょう》の年少《ねんしょう》は金市《きんし》の東、／銀鞍白馬《ぎんあんはくば》に春風を度《わた》る。
落花を踏み尽して何処《いずこ》に遊ぶや、／笑つて胡姫《こき》の酒肆《しゅし》の中に入《い》る。

訳　長安の貴公子は金市《きんし》の地の東を、銀の鞍《くら》を置いた白馬に跨《また》がって春風の中を進んで行く。落花を踏みにじりながら何処へ行こうとしているのか。貴公子はニッコリ笑って、西域から来た美女のいる酒場に入って行った。

関　「少年行　二首」と題する詩の二首目の詩である。開元十五年（七三二）李白三十一歳の時の作という。

51　元丹丘《げんたんきゅう》の歌

元丹丘は神仙《しんせん》を愛し、／朝《あした》には潁川《えいせん》の清流《せいりゅう》を飲み、
暮《ゆうべ》には嵩岑《すうしん》の紫煙《しえん》に還《かえ》る。／三十六峰《ほう》、常《つね》に周旋《しゅうせん》し、
長く周旋《しゅうせん》して星紅《せいこう》を躡《ふ》む。／身は飛龍《ひりゅう》に騎《き》して耳に風を生《しょう》じ、
河に横《よこた》はり海に跨《また》がつて天と通《つう》ず。／我は爾《なんじ》の遊心《ゆうしん》の窮《きわ》まり無きを知る。

訳　道士《どうし》（道教の僧）の元丹丘《げんたんきゅう》は仙人に成る修行をしていて、朝には潁川《えいせん》の清らかな流れの水を飲んだり、夕暮れには嵩山《すうざん》の峰《みね》に立ち籠める紫色の夕霧の中に融《と》け込んでいる。山の三十六の峰々《みねみね》を、いつも歩き廻っていて、長らく歩き廻って流星《りゅうせい》を踏みつけたりしている。空を飛び行く龍《りゅう》に跨《また》がって、風の音を耳で聴いている。大きな河を横切ったり海の上を飛んだりして、天に上《のぼ》って行く様《よう》である。私は元丹丘さんの自由自在の境地を知っているのだ。

関　開元十九年（七三二）李白三十一歳の時の作という。この年あたりから、「蜀道難《しょくどうなん》」など、長詩が少なからず詠《よ》まれている様《よう》である。

52　洛陽陌《らくようはく》（洛陽の陌《みち》）

白玉《はくぎょく》は誰《た》が家《いえ》の郎《ろう》、／車を回《まわ》して天津《てんしん》を渡る。
花を東陌《とうはく》の上《ほとり》に看《み》れば、／洛陽の人を驚動《けいどう》す。

訳　色白《いろじろ》の顔の青年は、どこの家の若殿《わかとの》だろうか。車を廻して天津橋《てんしん》を渡って行く、東の道の辺《あた》りで花を眺めている姿は洛陽の市民たちを注目させるのである。

関　開元二十年（七三二）李白三十二歳の時の作という。陌《はく》は街の通りの意味に用いている。

53　春夜《しゅんや》、洛城《らくじょう》に笛《ふえ》を聞《き》く

誰《た》が家の玉笛《ぎょくてき》か、暗《あん》に声を飛ばず、／散《さん》じて春風《しゅんぷう》に入《い》つて洛城《らくじょう》に満《み》つ。

此の夜《よ》、曲中《きよくちゆう》に折柳《せつりゆう》を聞く、／何人《なんぴと》か故園《こえん》の情《じよう》を起《おこ》さざらん。

訳　誰《だれ》の家で吹いている玉笛《ぎよくてき》なのだろうか、夜《よる》の闇《やみ》の中から笛の音《ね》が響いて来る。笛の音は春風に吹かれて拡《ひろ》がって洛陽《らくよう》の町中《まちじゆう》に響いている。この夜、笛が吹く曲の中に、別れの曲の折楊柳《せつようりゆう》の曲が有った。あの曲を聞くと誰でも故郷《ふるさと》を恋しく思い出すのである。

関　洛城は洛陽の町。日本では城壁の外に町（城下町）が有るが、中国では城壁に囲まれた中に町が有る。玉笛は笛の美称かと思うが、多分、横笛であろう。開元二十年（七三二）李白三十二歳の時の作である。

54　酒を待てども至《いた》らず

玉壺《ぎよくこ》に青糸《せいし》を繋《つな》ぎ、／酒を沽《か》ひ来《きた》ることの何《なん》ぞ遅き。
山花《さんか》の我に向つて笑ふに、／正《まさ》に好《よ》し酒を銜《ふく》むの時。
晩《ばん》に東窓《とうそう》の下《もと》に酌《く》めば、／流鶯《りゆうおう》復《ま》た茲《ここ》に在《あ》り。

春風《しゅんぷう》と酔客《すいきゃく》と、／今日《こんにち》乃《すなわ》ち相宜《あいよろ》し。

訳 綺麗な酒壺に青糸の紐《ひも》を付けて酒を買いにやらせたのに、酒を買って来るのが、どうして遅いのだろう。山の花が私に向って笑っている様だが、酒を口にすることが出来たのは都合が好《い》いことだ。夕暮《ゆうぐ》れ時に東の窓の傍で酒を飲んでいると、あちこちで鳴いている鶯《うぐいす》も近くに来ているらしい。春風《はるかぜ》と酔《よ》っ払《ぱら》った者と、今日はどちらも気持ちが良い。

関 開元二十一年（七三三）李白三十三歳の時の作である。

55

山中《さんちゅう》に幽人《ゆうじん》と対酌《たいしゃく》す

両人《りょうじん》、対酌《たいしゃく》すれば山花《さんか》開く、／一杯《いっぱい》、一杯、復《ま》た一杯。

我は酔《よ》ひて眠らんと欲す、卿《けい》且《しば》らく去れ。／明朝、意《い》有らば琴《こと》を抱《いだ》いて来《きた》れ。

訳 二人で向い合って酒を飲めば、山の木には花も咲いていて良い気分である。一杯注《つ》げば一杯注がれ、又一杯注ぐ様《よう》な楽しい酒である。私は酔って眠たくなったので、貴方《あなた》はもう御帰り下さい。明日の朝、また私と会いたくなったら、琴を持って来て私に聞かせて下さいね。

関　幽人は、世捨《よす》て人《びと》。

56　夏日《かじつ》の山中《さんちゅう》

白羽扇《はくうせん》を揺《ゆ》らすに懶《ものう》く、／裸袒《らたん》す青林《せいりん》の中。
巾《きん》を脱《ぬ》いで石壁《せきへき》に挂《か》け、／頂《いただき》を露《あら》はして松風《しょうふう》を灑《そそ》ぐ。

訳　白い羽の扇《おうぎ》であおぐのも面倒臭く、上半身裸《はだか》になって木々の緑の繁《しげ》った林の中にいる。頭巾《ずきん》を脱《ぬ》いで石の壁《かべ》に掛けて、頭頂を頭巾の外《そと》に出して松風《まつかぜ》に頭や首を吹かせている。

関　白羽扇は、白い羽で作った団扇《うちわ》だという。

57 江夏《こうか》に張丞《ちようじよう》を送る

別れんと欲して心に忍《しの》びず、／行くに臨《のぞ》んで情《じよう》更に親《した》しむ。
酒は傾《かたむ》く無限《むげん》の月《つき》に、／客は酔ふ幾重《いくえ》の春《はる》に。
草を藉《し》いて流水《りゆうすい》に依《よ》り、／花を攀《よ》ぢて遠人《えんじん》に贈《おく》る。
君が此《ここ》より去るを送り、／首《こうべ》を廻《めぐら》して迷津《めいしん》に泣く。

訳 別れようとすると心がつらくて我慢できない。張丞さんが出発しようとしていると益々《ますます》別れを惜しむ気持が強くなった。酒を飲んだのは限り無い月日だったし、お客の張丞さんが酒に酔ったのも幾年もの春だった。草を敷いて河の流れの傍《そば》に腰を下《おろ》し、花を手折《たお》って遠くへ旅立つ人に贈った。貴方が此処《ここ》から出発するのを見送った後《あと》に、振り返って見ては、どうしていいのか分らなくて泣いてしまう。

関 張丞という人物に就いては不詳である。迷津《めいしん》は道に迷うという意味。開元二十二年（七三四）李白三十四歳の時の作。

58　太原《たいげん》の早秋《そうしゅう》

歳《とし》落ちて衆芳《しゅうほう》歇《や》み、／時は大火《たいか》の流るるに当《あた》る。
霜威《そうい》は塞《さい》を出《いで》て早く、／雲色《うんしょく》は河《かわ》を渡って秋《あき》なり。
夢は遶《めぐ》る辺城《へんじょう》の月、／心は飛ぶ故国《ここく》の楼《ろう》。
帰《き》を思ふこと汾水《ふんすい》の若《ごと》く、／日《ひ》として悠悠《ゆうゆう》たらざるは無し。

訳　年も暮れて花々も枯れてしまい、大火星《たいかせい》が夜空に輝く時節と成った。霜は塞《とりで》の辺りから早くも降《お》り始め、河の上にかかった雲の色を見ると、もう秋である。夢に見るのは辺城の月であるが、心は故郷の国の楼《たかどの》を思うのである。故郷に帰りたい気持は汾水の川の流れの様に止《とど》まることも無く、毎日、落ち着かないことは無いのである。

関　開元二十三年（七三五）李白三十五歳の作である。題名の太原は古い都の名。

59　巫山《ふざん》の枕障《ちんしょう》

巫山《ふざん》の枕障《ちんしょう》は高丘《こうきゅう》を画《えが》き、／白帝城辺《はくていじょうへん》の樹色《じゅしょく》は秋《あき》なり。
朝雲《ちょううん》は夜《よ》に入《い》りて行く処《ところ》無く、／巴水《はすい》は天に横《よこた》はりて更《さら》に流れず。

訳　巫山《ふざん》を描《えが》いた枕屏風《まくらびょうぶ》は高い丘を描いており、白帝城《はくていじょう》の辺《あた》りの木々の色は、もう秋に成っている。朝《あさ》の雲は夜《よる》になっても消えることが無く、巴水《はすい》の河は天の辺りから描かれていて、一向《いっこう》に流れて行く気配《けはい》は無い。

関　枕屏風に描かれた風景を見て詠《よ》んだ詩である。開元二十四年（七三六）李白三十六歳の時の作。

60　春日独酌《しゅんじつどくしゃく》　二首（其の一）

東風《とうふう》は淑気《しゅくき》を煽《あお》り、／水木《すいぼく》は春暉《しゅんき》に栄《は》ゆ。
白日《はくじつ》は緑草《りょくそう》を照《てら》し、／落花《らくか》は散《さん》じて且《か》つ飛《と》ぶ。
孤雲《こうん》は空山《くうざん》に還《かえ》り、／衆鳥《しゅうちょう》は各〻《おのおの》已《すで》に帰《かえ》る。
彼《か》の物《もの》は皆《み》な託《たく》すること有り、／吾《わ》が生《せい》は独《ひと》り依《よ》ること無し。
此の石上《せきじょう》の月《つき》に対《たい》し、／長酔《ちょうすい》して芳菲《ほうひ》に歌《うた》ふ。

訳　東の風は心地《ここち》良《よ》い大気《たいき》を煽《あお》っていて、水や木は春の日の光に輝いている。太陽の光は緑の草を照しているし、木から落ちる花は散りながら風に吹かれて飛び散っている。千切《ちぎ》れ雲は人気《ひとけ》の無い山の方《ほう》に去って行き、鳥たちは自分たちの巣《す》に戻《もど》って行ってしまった。雲や鳥などには頼りにする場所が有るのだが、自分の人生《じんせい》は自分一人で頼るものも無い。この場所で岩を照す月を見ながら、たっぷり酒を飲んで、香《かん》ばしい草の香りの漂《ただよ》う中で歌をうたったりしているのだ。

関　題名の独酌《どくしゃく》は、一人で酒を飲むこと。開元二十五年（七三七）李白三十七歳の時の作である。別に「独酌」と題する詩には、「東風、愁《うれ》ひを吹いて来《きた》り、白髪《はくはつ》、坐《そぞろ》に相《あ》ひ侵《おか》す」という詩句が有る。

61　内《ない》に贈《おく》る

三百六十日、／日日《ひび》酔《よ》うて泥《どろ》の如し。
李白の婦《ふ》為《な》りと雖《いえ》ども、／何《なん》ぞ太常《たいじょう》の妻に異《こと》ならん。

訳　一年三百六十日、私は、ぐでんぐでんに酔っている。私がお前を李白の妻《つま》だと言っても、これでは太常《たいじょう》の妻と、まるで同じだね。

関　題名の内《ない》とは、自分の妻、つまり家内《かない》を指《さ》している。詩意は、一年の中の三百六十日は自分は泥酔していて、お前を可愛がらないから、「後漢書《ごかんじょ》」に見える太常《たいじょう》という人は一年の殆ど毎日酔っていて妻を可愛がること無く、たった一日だけ飲まない日も、体力が衰えていて妻を可愛がらなかったという話だから、私（李白）の妻のお前も太常の妻の様《よう》だね、と詠《よ》んでいる。

62　孟浩然《もうこうねん》に贈《おく》る

吾《わ》が愛する孟夫子《もうふうし》は、／風流《ふうりゅう》は天下に聞《きこ》ゆ。
紅顔《こうがん》、軒冕《けんべん》を棄《す》て、／白首《はくしゅ》、松雲《しょううん》に臥《ふ》す。
月《つき》に酔《よ》つて頻《しき》りに聖《せい》に中《あた》り、／花に迷《まよ》つて君《きみ》に事《つか》へず。
高山《こうざん》　安《いずく》んぞ仰《あお》ぐべけんや、／徒《いたず》らに此《ここ》に清芬《せいふん》を揖《ゆう》す。

訳　私が親《した》しくしている孟《もう》（浩然《こうねん》）さんは、その高尚な生活が世の中に知られている。若い頃に、役人と成る望みを捨てて、年老いて白髪に成ったこの頃は松や雲に親しむ日常である。月の照らす所で、頻《しき》りに上等の酒を飲んで酔い、花の美しさに心が魅《ひ》かれて、君主に仕える事も考えたりしない。高い山の様《よう》なその心境は、窺《うかが》い知ることが出来るだろうか。誰も真似できないその心境を世間の人々は唯《ただ》清らかな名前として聞くだけである。

関　軒冕《けんべん》は、卿大夫《けいたいふ》（高級官吏）の衣服のこと。聖《せい》に中《あた》るとは、高級な酒を飲んで酔うことをいう。高山は、人の徳行を譬えている。開元二十六年（七三八）李白三十八歳の時の作。

63　友人《ゆうじん》を送《おく》る

青山《せいざん》は北郭《ほくかく》に横《よこた》はり、／白水《はくすい》は東城《とうじょう》を遶《めぐ》る。
此の地に一《ひと》たび別れを為《な》せば、／孤蓬《こほう》、万里《ばんり》に征《ゆ》く。
浮雲《ふうん》は遊子《ゆうし》の意《い》、／落日《らくじつ》は故人《こじん》の情《じょう》。
手を揮《ふ》つて茲《ここ》より去るに、／蕭蕭《しょうしょう》として班馬《はんば》鳴《いなな》く。

訳　緑の山は町の北の向《む》こうに見え、明るく輝く河は町の東に沿って流れている。この町から一度別れてしまうならば、一本の蓬草《よもぎ》が風に吹かれて行く様に万里《り》もの遠くへ行ってしまうのだ。空に浮ぶ雲は旅人の心の様《よう》だし、沈む夕日は友達である自分の気持ちの様だ。手を振って友達はこの地から去って行くが、友人が乗る馬は別れを惜しむが如くしきりに嘶《いなな》いている。

関　作者は南陽《なんよう》の町で友人を見送っているらしいが、もう二度と会う機会は無いと感じている様《よう》である。白水《はくすい》は白河《しらかわ》と呼ばれている河らしい。故人《こじん》は、古くからの友人の意。

64　白田《はくでん》にて馬上《ばじょう》に鶯《うぐいす》を聞《き》く

黄鸝《こうり》は紫椹《しじん》を啄《ついば》み、／五月の桑枝《そうし》に鳴く。
我が行《こう》は日《ひ》を記《しる》せず、／誤《あやま》って陽春《ようしゅん》の時《とき》と作《な》す。
蚕《かいこ》は老《お》いて客は未《いま》だ帰らず、／白田《はくでん》は已《すで》に糸《いと》を繰《く》る。
馬を駆《か》って又前《またすす》み去《ゆ》かんとし、／心《むね》を捫《な》でて空《むな》しく自《みず》から悲しむ。

訳　鶯《うぐいす》は紫色の桑《くわ》の実《み》を嘴《くちばし》でつついて、五月の桑の木の枝で鳴いている。自分の行動は毎日書き留《と》めたりしていないので、（鶯の声を聞いて）間違えて今は春だと思ってしまった。蚕《かいこ》はもう年老いた状態なのに、旅を続ける自分は、まだ故郷《ふるさと》に戻っていないのに、白田の土地では蚕の繭《まゆ》から、もう糸を取ろうとしている。自分は馬を駆《か》り立てて更に進んで行こうとしながら、胸を撫《な》でて取り留《と》めも無く、旅にある身を淋しく思うのである。

関 黄鸝《こうり》は鶯《うぐいす》。紫椹《しじん》は、紫色に熟した桑《くわ》の実《み》。白田《はくでん》は江南《こうなん》の地名だという。この詩は、開元二十七年（七三九）李白三十九歳の時の作である。

65 客中《かくちゅう》の作《さく》

蘭陵《らんりょう》の美酒《びしゅ》、鬱金香《うつこんこう》、／玉椀《ぎょくわん》に盛《も》り来《きた》る琥珀《こはく》の光《ひかり》。
但《た》だ主人《しゅじん》をして能《よ》く客を酔《よ》はしむれば、／知らず、何《いず》れの処《ところ》か是《こ》れ他郷《たきょう》。

訳 蘭陵の土地の美酒《うまざけ》には浸《ひた》してある鬱金香《うつこんこう》（香草）の良い香りがして、立派な椀《わん》になみなみと注《つ》いだ酒の色は琥珀《こはく》の様《よう》な色（透明な茶色）をしている。もしもこの家の主人が旅客の私を酔わせてくれるなら、私はこの土地が故郷《ふるさと》か旅の土地なのか分らなくなってしまうだろうよ。

関 開元二十八年（七四〇）李白四十歳の時の作。

66　黄河《こうが》は東溟《とうめい》に走る

黄河《こうが》は東溟《とうめい》に走り、／白日《はくじつ》は西海《せいかい》に落《お》つ。
逝川《せいせん》と流光《りゅうこう》と、／飄忽《ひょうこつ》として相《あ》ひ待たず。
春容《しゅんよう》は我《われ》を捨《す》てて去り、／秋髪《しゅうはつ》は已《すで》に衰改《すいかい》す。
人生《じんせい》は寒松《かんしょう》に非《あら》ず、／年貌《ねんぼう》は豈《あに》長《とこし》へに在《あ》らんや。
吾《われ》は当《まさ》に雲螭《うんち》に乗るべく、／景《けい》を吸ひて光彩《こうさい》を駐《とど》めん。

訳　黄河《こうが》は東の海に流れて行き、夕日《ゆうひ》は西の海の彼方《かなた》に沈んで行く。流れ行く川水も、夕日の輝きも、忽《たちま》ち移って行き、待ってはくれない。青春の容貌は自分を捨て去ってしまい、秋の霜の様《よう》な白髪はどんどん抜け落ちて行く。人生は寒さに耐えている緑の松とは違っているもので、年齢も容貌も永久に変らないものではないのだ。自分は雲螭《うんち》（龍）に乗って、世の中を吸い込み、人生の輝きを残したいものだと思っている。

関　雲螭は、雲間《くもま》を駆ける螭《ち》（龍の一種、みずち）の事で、李白が仙人に成ることを願っていたと言われている。開元二十九年（七四一）李白四十一歳の時の作。

67　客《かく》に鶴上《かくじょう》の仙《せん》有《あ》り

客《かく》に鶴上《かくじょう》の仙《せん》有《あ》りて、／飛飛《ひひ》として太清《たいせい》を凌《しの》ぐ。
揚言《ようげん》す碧雲《へきうん》の裏《うち》、／自《みず》から道《い》ふ安期《あんき》の名《な》。
両両《りょうりょう》に白玉《はくぎょく》の童《わらべ》、／双《なら》んで吹《ふ》く紫鸞《しらん》の笙《しょう》。
去影《きょえい》忽《たちま》ち見《み》えずして、／回風《かいふう》は天声《てんせい》を送《おく》る。
首《こうべ》を挙《あ》げて遠《とお》く之《これ》を望《のぞ》めば、／飄然《ひょうぜん》として流星《りゅうせい》の若《ごと》し。
願《ねが》はくは金光草《きんこうそう》を餐《さん》して、／寿《じゅ》は天《てん》と与《とも》に斉《ひと》しく傾《かたむ》かん。

訳　旅をしている鶴《つる》に乗った仙人がいて、空を飛び続けながら天の庭を通り過ぎようとしている。青空の雲の中から声を上《あ》げて、自分は安期《あんき》という名の仙人だと名乗った。両脇《りょうわき》に白玉の様《よう》に色白《いろじろ》の童子《どうじ》を連れていて、童子達は並んで紫鸞《しらん》の曲を笙《しょう》で吹いている。去って行く姿は忽《たちま》ち見えなくなって、旋風《せんぷう》が天からの曲を運《はこ》んで来る。頭を上げて遠くの空のこの様子を見ると、流れ星の様《よう》に軽々《かるがる》と動いている。出来ることなら仙人の世界に有るという金光草《きんこうそう》を味わって、天の仙人の世界と共に長生きしたいものである。

関 天宝《てんぽう》元年（七四二）李白四十二歳の時の作である。

68 高句麗《こうくり》

金花折風《きんかせっぷう》の帽《ぼう》に、／白馬《はくば》は小《すこ》しく遅回《ちかい》す。
翩翩《へんぺん》として広袖《こうしゅう》を舞《まわ》せば、／鳥《とり》の海東《かいとう》より来《きた》るに似《に》たり。

訳 金《きん》の飾《かざ》りの風折烏帽子《かざおれえぼし》（冠《かんむり》）に白馬《はくば》に跨《また》がり、少しゆっくりと馬を進めている。風に袖《そで》がハラリと飜《ひるが》えると、海の向《むこ》うから来た鳥《とり》が大きな翼《つばさ》を広げた様《よう》だ。

関 高句麗《こうくり》は高麗《こうらい》（朝鮮）のこと。当時の朝鮮の風俗を詠《よ》んでいる。

69 子夜呉歌《しやごか》　四首《しゆ》（其の三）

長安《ちようあん》の一片《ぺん》の月《つき》に、／万戸《ばんこ》の衣《ころも》を擣《う》つ声《こえ》す。
秋風《しゆうふう》は吹いて尽《つ》きず、／総《すべ》て是《こ》れ玉関《ぎよくかん》の情《じよう》。
何《いず》れの日にか胡虜《こりよ》を平《たい》らげて、／良人《りようじん》は遠征《えんせい》を罷《や》めん。

訳　長安の都の夜空には月が上っていて、都のあちこちの家で砧《きぬた》を打つ音がしている。秋風は吹き止《や》むことが無く、その淋しさは玉門関から辺地に出征した夫を思う気持ちである。いつになったら塞外民族を平定して、夫《おつと》は遠い戦地から戻って来るのだろうか。

関　子夜《しや》は女性の名。呉歌《ごか》は楽府《がふ》の楽曲の名。子夜呉歌は四首有って、春夏秋冬を主題にしているので、三首目は秋の歌である。

70 辺《へん》を思《おも》ふ

去年、何《いずれ》の時か君《きみ》の妾《しょう》に別るるとき、／南国《なんごく》の緑草《りょくそう》に胡蝶《こちょう》飛《と》びゐし。
今歳《ことし》、何れの時も妾は君を憶《おも》ふ。／西山《せいざん》の白雪《はくせつ》に秦雲暗《しんうんくら》し。
玉関《ぎょくかん》は此《ここ》を去ること三千里、／音書《いんしょ》を寄せんと欲《ほっ》するも那《なん》ぞ聞くべけんや。

訳　去年、いつだったか、貴方《あなた》は私から別れて行きました。南の暖かな国の緑の草に蝶が飛び交《か》っていた頃でした。今年になって、私は貴方をいつも思っています。西の山の頂《いただき》に遠い秦《しん》の地の雲がかかっています。玉門関《ぎょくもんかん》は此処《ここ》から三千里も遠い所です。御便《おたよ》りを差し上げようと思っても、どうして御便りを届けられましょうか。

関　玉門関から出撃している夫《おっと》を思う妻の気持ちを詩にしている。李白には、出征した夫や恋人を思う女性の気持ちを詠んだ詩が有る。天宝二年（七四三）李白四十三歳の時の作である。

71 折楊柳《せつようりゅう》

垂楊《すいよう》は緑水《りょくすい》を払《はら》ひ、／揺艶《ようえん》は東風《とうふう》の年。
花は玉関《ぎょくかん》の雪《ゆき》よりも明らかに、／葉は金窓《きんそう》の煙《けむり》に暖かなり。
美人は長想《ちょうそう》を結《むす》び、／此《こ》れに対《たい》して心は凄然《せいぜん》たり。
攀条《はんじょう》春色《しゅんしょく》を折《お》り、／遠《とお》く龍庭《りゅうてい》の前《まえ》に寄《よ》す。

訳 枝の垂れている柳《やなぎ》は、緑の葉を映《うつ》している川水に触れながら、東から風にたなびいている。花は玉門関《ぎょくもんかん》の雪よりも白く、葉は金で飾った窓に煙《けむ》って見えている。美しい女性はこの様子を眺めて深い思いに沈んでいる。美女は枝を折り取って、遠い龍庭《りゅうてい》の地に出征している夫に、便りしたいと思っているのである。

72 終南山《しゅうなんざん》を望《のぞ》み紫閣《しかく》の隠者《いんじゃ》に寄《よ》す

門を出《いで》て南山《なんざん》を見《み》、／領《えり》を引いて意《い》限り無し。
秀色《しゅうしょく》は名を為《な》し難《がた》く、／蒼翠《そうすい》は日《ひ》に眼《め》に在《あ》り。
時《とき》有《あ》つて白雲《はくうん》起り、／天際《てんさい》自《おのず》から舒巻《じょけん》す。
心中《しんちゅう》は之《これ》と然《しか》り、／興《きょう》を託《たく》すに毎《つね》に浅《あさ》からず。
何《いず》れか当《まさ》に幽人《ゆうじん》に造《いた》りて、／跡《あと》を滅《めつ》して絶巘《ぜっけん》に棲《す》むべき。

訳 門の外に出て終南山《しゅうなんざん》を見て、襟首《えりくび》を延《の》ばして見ている中に、心に色々なことが浮んで来た。山の秀《すぐ》れた容《かたち》は形容する言葉も無いが、緑の山の姿は毎日、目にすることが出来る。時には白雲《はくうん》が湧いて空の涯《はて》に横《よこ》たわることが有るが、自分の心はこの雲の様《よう》なもので、楽しい気持がいつも湧いて来るのである。いつか山の中で暮している世捨人《よすてびと》に会って、世間から足跡をくらまして、高い山の峰で共に住みたいものだと思う。

関 紫閣《しかく》は終南山の峰《みね》の名で、幽人は紫閣の隠者のことである。絶巘《ぜっけん》は高い山の峰《みね》。

73 杜陵絶句《とりょうぜっく》

南のかた杜陵《とりよう》の上《うえ》に登《のぼ》り、／北のかた五陵《ごりよう》の間《あいだ》を望《のぞ》む。
秋水《しゅうすい》は落日《らくじつ》を明《あき》らかにし、／流光《りゅうこう》は遠山《えんざん》を滅《めつ》す。

訳　長安の都から南の方向になる杜陵の丘《おか》の上に登って、北の方角にある五つの丘の様子を眺める。秋の川の流れは沈み行く夕日を明るく照し出し、流れ行く河水の輝きの中に遠くの山が幽《かす》かに見えている。

関　五陵は渭水《いすい》の河の北にある長陵・安陵・陽陵・茂陵・平陵の丘をいう。

74　東山《とうざん》を憶《おも》ふ　二首《しゅ》（其の一）

東山《とうざん》に向《むか》はざること久《ひさ》しく、／薔薇《そうび》幾度《いくたび》か花《はな》さきし。
白雲《はくうん》は還《ま》た自《おのず》から散《さん》じ、／明月《めいげつ》は誰《た》が家《いえ》に落《お》ちし。

訳 東山《とうざん》に行かなくなってから久しい月日《つきひ》が経《た》ったが、あの薔薇《ばら》の花は幾度《いくたび》咲いたことだろうか。白雲《はくうん》は自然に散ってしまい、明月《めいげつ》は誰《だれ》の家を照しているだろうか。

関 東山は晋《しん》の謝安《しやあん》が住んでいた処《ところ》で、東山は謝安山とも呼ばれていたらしい。白雲居、明月居、薔薇洞《そうびどう》は謝安の住居であったが、李白のこの詩の頃には住居の址《あと》のみと成っていたのである。

75 桃花《とうか》は東園《とうえん》に開《ひら》く

桃花《とうか》は東園《とうえん》に開《ひら》き、／笑《えみ》を含《ふく》んで白日《はくじつ》に誇《ほこ》る。
偶ゝ《たまたま》春風《しゅんぷう》の栄《えい》を蒙《こうむ》つて、／此《こ》の豔陽《えんよう》の質《しつ》を生《しょう》ず。
豈佳人《あにかじん》の色《いろ》無からんや、／但《ただ》花の実《みの》らざるを恐《おそ》る。
宛転《えんてん》して龍火《りようか》飛び、／零落《れいらく》して早く相《あ》ひ失《うしな》ふ。
詎《な》んぞ知らん南山《なんざん》の松《まつ》は、／独立して自《おのず》から蕭瑟《しようしつ》たり。

訳　桃の花は東の庭園で咲いているが、にこやかな顔つきで太陽の光を浴《あ》びている。ちょうど春風の暖かさを受けて、この春の美しさが生れたのである。桃の花は美しい女性の様な趣《おもむ》きが有るのだが、ただ実《み》を結ばないことが残念である。世の中が移り動いて、龍火星《りょうかせい》の様な流れ星が見える秋になると、桃の花は、しおれて落ちてしまう。知る人は少ないが、南山の松は、少しずつ寒くなる季節にも、松風の音を立てながら、しっかりと立っているのである。

関　桃花は、派手に活動しても、何も功績の無い者を譬《たと》え、松は地道《じみち》に仕事をして功績を残す人を譬えていると見做《みな》されている。

76　玉階怨《ぎょくかいえん》

玉階《ぎょくかい》に白露《はくろ》を生《しょう》じ、／夜《よ》は久しくして羅襪《らべつ》を侵《おか》す。
水精簾《すいしょうれん》を却下《きゃくか》して、／玲瓏《れいろう》、秋月《しゅうげつ》を望《のぞ》む。

訳　御殿《ごてん》の外《そと》階段に露《つゆ》が降りていて、夜が更《ふ》けるにつれて、薄い靴下《くつした》が濡れて来た。宝石の飾りのついた簾《すだれ》を下《おろ》して部屋に戻ったが、外は明るい秋の月が輝いていた。

関　題名の「怨」は、宮廷の女性が主君の御出《おい》でを待ち侘《わ》びるという意味。詩中に怨の字が無いことを、詩作の技巧とする批評も有る。李白が女性に成り代って女性の心を詠《よ》んだ詩は多いが、技巧はすぐれていても、内容的には空想の世界という事になる。

77 怨情《えんじょう》

美人《びじん》は珠簾《しゅれん》を巻《ま》き、／深坐《しんざ》して蛾眉《がび》を顰《ひそ》む。
但《た》だ涙痕《るいこん》の湿《しめ》れるを見れば、／心に誰《だれ》を恨むかを知らず。

訳　美しい女性が、珠《たま》の簾《すだれ》を巻き上げて、先刻《さっき》から座っているが、美しい眉《まゆ》をひそめて物思いにふけっている様《よう》である。ただ、袖《そで》に涙を拭《ぬぐ》った跡が有るのを見ると、彼女が心の中に誰かを恨《うら》めしく思っているらしい。

関　題名の怨情とは、満たされない心という意味。愛する男性が通《かよ》って来てくれず、待ち侘《わ》びて、時折り涙を袖《そで》で拭《ぬぐ》っているのである。美女の満たされない心を詠《よ》んだ。

78　賀賓客《がひんきやく》の越《えつ》に帰《かえ》るを送《おく》る

鏡湖《きようこ》の流水《りゆうすい》は清波《せいは》を漾《ただよ》はし、／狂客《きようかく》の帰舟《きしゆう》に逸興《いつきよう》多《おお》し。
山陰《さんいん》の道士《どうし》に如《も》し相《あ》ひ見《み》ば、／応《まさ》に黄庭《こうてい》を写《うつ》して白鵝《はくが》に換《か》ふべし。

訳　鏡湖《きようこ》の清《きよ》らかな水の面《おもて》には小波《さざなみ》が立っているが、風雅《ふうが》を愛する貴方《あなた》が故郷《ふるさと》に帰って行く舟では楽しさも多いことだろう。山陰《さんいん》の道士に会《あ》うことが有れば、貴方は黄庭経を書いて、道士の白鵝《はくが》と交換したらいい。

関　天宝三年（七四四）李白四十四歳の時の作。題名の賀賓客は賀知章《がちしよう》さん、の意。道士は道教の修行者。賀知章は書道に勝《すぐ》れていたので、黄庭経《こうていきよう》を書写して道士に贈ればいいというのである。なお、狂客は、賀知章が自《みず》から四明狂客《しめいきようかく》と称していたという。

79　白雲《はくうん》の歌《うた》、劉《りゅう》十六の山《やま》に帰《かえ》るを送《おく》る

楚山《そざん》も秦山《しんざん》も皆《み》な白雲《はくうん》にして、／白雲は処処《しょしょ》に長く君に随《したが》ふ。
長《なが》く君に随ふ。／君《きみ》、楚山《そざん》の裏《うち》に入《い》れば、
雲も亦《ま》た君に随つて湘水《しょうすい》を渡《わた》る。／湘水の上《ほとり》に女羅衣《じょらい》して、
白雲は臥《ふ》するに堪《た》へたり、／君、早く帰れ。

訳　楚山《そざん》にも秦山《しんざん》にも、皆《み》な白雲が棚引《たなび》いて、白雲は何処《どこ》へ行っても君《きみ》に何時《いつ》までも随っている。何時までも君《きみ》に随っている。君が故郷の楚山に住むならば、雲も亦《ま》た君に随って湘水《しょうすい》を渡って行くことだろう。湘水のほとりで道士の服を着て生活するなら、白雲も共に生活するに違いない。君は早く故郷に帰り給え。

関　女羅衣は道士が着る服。

80 月下独酌《げつかどくしやく》 四首《しゅ》（其の二）

天《てん》もし酒《さけ》を愛《あい》さざれば、／酒星《しゅせい》は天に在《あ》らず。
地《ち》もし酒を愛さざれば、／地は応《まさ》に酒泉《しゅせん》無かるべし。
天地は既《すで》に酒を愛すれば、／酒を愛するは天に愧《は》ぢず。
已《すで》に聞くに清《せい》は聖に比《ひ》し、／復《ま》た道《い》ふに濁《だく》は賢《けん》の如しと。
賢聖既《すで》に已《すで》に飲めば、／何ぞ必ずしも神仙《しんせん》を求めん。
三盃《ばい》は大道《だいどう》に通《つう》じ、／一斗《と》は自然に合《がっ》す。
但《た》だ酒中の趣《おもむ》きを得《う》れば、／醒者《せいしゃ》の為に伝《つた》ふること勿《なか》れ。

訳　天《てん》がもしも酒を愛していなかったら、酒星《しゅせい》という星は無かっただろう。地《ち》がもしも酒を愛していなかったら、地には酒泉《しゅせん》など無かっただろう。天地が酒を愛していることが分《わか》ったのだから、酒を愛している（酒を飲むのが好きな）ことは天に対しても恥《は》じることではない。もう聞いているが、清酒《せいしゅ》は聖人に較べられるものだし、また言われていることだが、濁酒《だくしゅ》は賢人になぞらえられている。聖人賢人に匹敵する酒を飲むなら、何も神仙《しんせん》に成ろうとしなくてもいい。酒を三杯も飲んだら大道（宇宙の法則）が理解できるし、一斗《と》も飲んだら自然（宇宙）に合致する気分と成る。ただ酒を飲んでいる時の心地良《ここちよ》さが味わえているならば、醒者《せいしゃ》の（酒を飲まない人）に説明したりしないのがいいと思う。

関 題名の「月下独酌」は、月明りの下《もと》で一人で酒を飲んでいる、の意。酒一斗は、大酒《おおざけ》の形容であろう。

81　楊山人《ようさんじん》の嵩山《すうざん》に帰《かえ》るを送《おく》る

我《われ》に万古《ばんこ》の宅《たく》有《あ》りて、／嵩陽《すうよう》の玉《ぎょく》女峰《じょほう》なり。
長《なが》く一片《ぺん》の月《つき》を留《とど》め、／挂《かか》ぐるは東渓《とうけい》の松《まつ》に在《あ》り。
爾《なんじ》は去《さ》つて仙草《せんそう》を掇《ひろ》ふに、／菖蒲《しょうぶ》と花紫茸《はなしじょう》と。
歳晩《さいばん》に或《あるい》は相《あ》ひ訪《と》はば、／青天《せいてん》に白《はく》龍《りょう》に騎《き》せんか。

訳　自分にとって永遠不滅の住居だと思われるものが有るが、それは嵩山《すうざん》の南にある玉女峰《ぎょくじょほう》という峰《みね》である。そこには長い間、一片《ひときれ》の月が照していて東渓《とうけい》の松の上に懸《かか》っているのだ。貴方《あなた》は其処《そこ》へ出かけて行って仙人に成る草という菖蒲《しょうぶ》や花紫茸《はなしじょう》を摘《つ》むことだろう。年の暮れに、もし貴方を訪《たず》ねて行ったら、貴方は青空を背に、白い龍《りゅう》にまたがっているかも知れないね。

関　楊山人に就いては分らないが、仙術の修行をしている者か、道士であろう。

82　仙《せん》を懐《おも》ふ歌《うた》

一鶴《かく》は東《ひがし》に飛《と》んで滄海《そうかい》を過《す》ぎ、／放心散漫《ほうしんさんまん》として何《いず》くに在《あ》るかを知《し》るや。
仙人《せんにん》は浩歌《こうか》して我《わ》が来《きた》るを望《のぞ》み、／応《まさ》に玉樹《ぎょくじゅ》を攀《よ》づべくして長《なが》く相《あ》ひ待《ま》つ。
堯舜《ぎょうしゅん》の事《こと》は驚《おどろ》くに足《た》らず、／自余囂囂《じよごうごう》として直《ただ》ちに軽《かろ》んずべし。
巨鼇《きょごう》は三山《ざん》を載《の》せて去《さ》ること莫《な》く、／我《われ》は蓬萊《ほうらい》の頂上《ちょうじょう》に行《ゆ》かんと欲《ほっ》す。

訳　自分は一羽《わ》の鶴《つる》となって東へ飛んで行き、広々《ひろびろ》とした大海原《おおうなばら》を過ぎて、ぼんやりして何処《どこ》まで来たかも分らない。仙人は歌をうたいながら自分がやって来るのを待っていて、仙人の世界にある立派な木に上《のぼ》って、長い間、待っていてくれるだろう。堯《ぎょう》や舜《しゅん》が帝位を譲《ゆず》った事などは今更《いまさら》耳新しい話ではないし、その他の事は取り上げる程の事でもない。大海亀《おおうみがめ》は、仙境の五つの山の中の三つの山を背負《せお》って動かずにいるらしいが、自分は五つの山の一つの蓬萊山《ほうらいざん》の頂上にでも飛んで行きたいと思っているのだ。

関　鶴は李白自身をなぞらえていて、この詩は当時の政情批判だとする見解が有るが、李白が仙人の世界に憧《あこが》れていた事は確かである。

83　十五にして神仙《しんせん》に遊《あそ》ぶ

十五にして神仙に遊ぶも、／仙游《せんゆう》は未《いま》だ嘗《かつ》て歇《や》まず。
笙《しょう》を吹いて松風《しょうふう》に吟《ぎん》じ、／瑟《しつ》を汎《うか》べて海月《かいげつ》を窺《うかが》ふ。
西山《せいざん》の玉童子《ぎょくどうじ》は、／我《われ》をして金骨《きんこつ》錬《ね》らしむ。

黄鶴《こうかく》の飛ぶを逐《お》はんと欲《ほっ》し、／相《あ》ひ呼《よ》んで蓬闕《ほうけつ》に向《むか》ふ。

訳　自分は十五歳の頃から神仙の世界に興味を抱《いだ》き、仙術の興味はこれ迄に止《や》めたことは無い。笙《しょう》（楽器）を吹いていると松風の音に溶《と》け込み、瑟《しつ》を弾く時は海に上る月の姿と溶け合った。西山に住む仙人の玉童子は、自分に骨《ほね》を金《きん》にする術を学ばせた。自分は黄鶴が仙人の住む所へ向うのを追いかけようとして呼びかけながら、蓬莱山《ほうらいざん》の宮殿に向ったのであった。

関　少年時代を回想すると共に、以後の生活を空想したのであろう。

84　戯《たわむ》れに杜甫《とほ》に贈《おく》る

飯顆山頭《はんかざんとう》に杜甫に逢ふに、／頭《あたま》に笠子《りゅうし》を戴《いただ》いて、日《ひ》は卓午《たくご》。
借問《しゃくもん》す、別来《べつらい》太《はなは》だ痩生《そうせい》するは、／総《すべ》て従前《じゅうぜん》に詩《し》を作《つく》るに苦《くる》しむが為《ため》なりや。

訳　飯顆山《はんかざん》の頂上で杜甫に出会ったが、頭に笠《かさ》を被《かぶ》っていて、日は真昼時《まひるどき》であった。訊《たず》ねたいのだが、前に別れた時に較べると、ひどく痩《や》せているが、それは以前から詩を作るのに、ひどく苦労していた為《ため》なのだろうか。

関　題名の「戯れに」とは、冗談半分に、の意味。飯顆山は架空の山名らしい。天宝四年（七四五）李白四十五歳の時の作。

85　荘周《そうしゅう》は胡蝶《こちょう》を夢《ゆめ》みる

荘周《そうしゅう》は胡蝶《こちょう》を夢《ゆめ》み、／胡蝶は荘周と為《な》る。
一体は再《たが》ひに変易《へんえき》し、／万事《ばんじ》は良《まこと》に悠悠《ゆうゆう》たり。
乃《すなわ》ち知る蓬莱《ほうらい》の水《みず》は、／復《ふたた》び清浅《せいせん》の流《なが》れを作《な》すを。
青門《せいもん》に瓜《うり》を種《う》うるの人は、／旧日《きゅうじつ》の東陵侯なるを。
富貴は故《もと》より此《かく》の如《ごと》し、／営営《えいえい》として何の求むる所ならん。

訳　荘周は夢の中で胡蝶と成り、胡蝶は夢の中で荘周と成った。身体一つは交互《こうご》に変化して、あらゆる事がらは、のんびりとしたものである。そこで分ることだが、仙人の棲む蓬萊山から流れ出る水は、清らかで小さな流れに成って行くという事を。都の門の青門のそばで瓜《うり》を植えている人は、昔は殿様の東陵侯であったのだ。富み且つ貴い身分などはこの様なもので、一生懸命に働いて求める程のものではないのだ。

関　『荘子《そうじ》』の中に、荘周が夢の中で蝶と成り愉快《ゆかい》に遊び、目が覚めて、自分は蝶の中で荘周と成っているのかと思う説話が有る。

86　生者《せいしゃ》は過客為《かきやくた》り

生者《せいしゃ》は過客為《かきやくた》りて、／死者は帰人為《きじんた》り。
天地は一逆旅《げきりよ》にして、／同《おな》じく万古《ばんこ》の塵《ちり》を悲《かな》しむ。
月兎《げつと》は空《むな》しく薬《くすり》を擣《つ》き、／扶桑《ふそう》は已《すで》に薪《たきぎ》と成《な》る。
白骨《はくこつ》は寂《せき》として言《げん》無く、／青松《せいしよう》は豈《あ》に春《はる》を知《し》らんや。

前後《ぜんご》は更《さら》に嘆息《たんそく》し、／浮栄《ふえい》は何ぞ珍《ちん》とするに足《た》らん。

訳 生きている人間は旅人《たびびと》の様なものだし、死んだ人間は行き着く所に着いた者の様である。天地（この世界）は旅館の様なものだが、人間は天地と同じ様に何万年の昔から生死《いきしに》を共にして来たことは悲しいことだ。月の中の兎は薬を調合しているのが何の役にも立たず、扶桑《ふそう》の大木《たいぼく》も、もう薪《たきぎ》になってしまった。白骨は、ひっそりと言葉も無い状態だし、緑の松は春に花を咲かせることも無いのだ。人生の過去や現在を振り返れば一そう歎《なげ》かわしく思われるし、人間の果《は》敢《か》無《な》い栄華なぞは珍重《ちんちょう》すべき程の事ではないのだ。

関 過客は旅人のことで、『列子』には行人《こうじん》と呼んでいる。帰人は到着した人の意。逆旅は旅人を逆《むか》える（迎える）意で、宿屋や旅館の意。

87 仙人《せんにん》は彩鳳《さいほう》に騎《の》る

仙人《せんにん》は彩鳳《さいほう》に騎《の》りて、／昨《さく》は閬風《りょうふう》の岑《みね》を下《くだ》る。

海水《かいすい》は三《み》たび清浅《せいせん》して、／桃源《とうげん》は一《ひと》たび尋《たず》ねらる。
我《われ》に緑玉《りよくぎよく》の盃《さかずき》を遺《おく》り、／之《これ》に紫瓊《しけい》の琴《こと》を兼《か》ぬ。
盃《さかずき》は以《もつ》て美酒《びしゆ》を傾《かたむ》け、／琴《こと》は以《もつ》て素心《そしん》を閑《かん》にす。
二物は世の有《ゆう》に非《あら》ずして、／何をか論ぜん珠《しゆ》と金《きん》と。
琴《こと》は松裏《しようり》の風《かぜ》に弾《だん》じ、／盃《さかずき》は天上《てんじよう》の月《つき》に勧《すす》む。
風月《ふうげつ》は長《なが》く相《あ》ひ知《し》れば、／世人《せじん》は何《なん》ぞ倏忽《しゆくこつ》たるや。

訳　仙人は美しい羽の鳳《ほう》にまたがって、昨日は仙人の住む閬風《りようふう》の峰へ下《お》りて行った。仙人が見ると海の水は三度も浅くなったりしているし、仙人は桃源（仙境）を一度訪《たず》ねられたのだった。仙人は私に宝石で造られた盃を贈ってくれて、盃に紫瓊《しけい》の琴《こと》も添えられた。盃はそれで美酒を注《つ》いで味わえるし、琴は気持を和《やわ》らげてくれるのである。この二つの物は、世の中に有り触れたものではなく、宝石や金貨などと同一視は出来ないものである。琴は松林の中から吹く風に音を立て、盃は大空の月に美酒を捧げるものなのである。風や月は長く互いに存在するものであるが、世の中の人々は忽《たちま》ち互いに関《かかわ》り無くなってしまうのである。

関　李白の描く仙人の世界を窺うことが出来る。

88

沙丘城下《さきゅうじょうか》にて杜甫《とほ》に寄《よ》す

我《わ》れ来《きた》るは竟《つい》に何事《なにごと》ぞ、／高臥《こうが》す沙丘城《さきゅうじょう》。
城辺《じょうへん》に古樹《こじゅ》有《あ》りて、／日夕《にっせき》に秋声《しゅうせい》に連《つら》なる。
魯酒《ろしゅ》は酔《よ》ふべからず、／斉歌《せいか》空《むな》しく復《ま》た情《じょう》あり。
君《きみ》を思ふこと汶水《ぶんすい》の如《ごと》く、／浩蕩《こうとう》として南征《なんせい》に寄《よ》す。

訳　自分が此処《ここ》に来たのは結局、何の意味が有ったのだろうか。枕を高くして沙丘城《さきゅうじょう》に寝そべっている。城の周囲に古い木が有って、毎日、秋風に吹かれて音を立てている。魯《ろ》の地の酒は余り良い酒ではなくて、斉《せい》の地の歌は意味も無く人の心に沁み込むのである。貴方《あなた》と会いたい気持は、汶水《ぶんすい》の河の流れの様で、広々として南へと流れているのだ。

関　天宝五年（七四六）李白四十六歳の時の作である。

89　魯《ろ》の中部《ちゅうぶ》の東楼《とうろう》に酔起《すいき》の作《さく》

昨日《さくじつ》は東楼《とうろう》に酔《よ》ひて、／還《ま》た応《まさ》に接羅《せつら》を倒《さかしま》にすべし。
阿誰《あすい》は扶《たす》けて馬《うま》に上《のぼ》るも、／楼《ろう》を下《くだ》るの時《とき》を省《かえり》みず。

訳　昨日《きのう》は東楼《とうろう》に酔《よ》っ払《ぱら》って、帽子を逆《さか》さまに被《かぶ》ったりする程だった。誰かが自分を助けてくれて馬に乗せてくれたが、東楼で飲んだ場所から、どうやって下りたのかは覚えていない。

関　酒好きの者には、似た様な経験を味わった者がいることだろう。

90　雪《ゆき》に対《たい》し従兄《じゅうけい》の虞城《ぐじょう》の宰《さい》に献《けん》ず

昨夜《さくや》の梁園《りょうえん》の雪《ゆき》に、／弟《てい》は寒《さむ》くして兄《けい》は知《し》らざらん。
庭前《ていぜん》に玉樹《ぎょくじゅ》を看《み》るに、／腸《はらわた》は断《た》って連枝《れんし》を憶《おも》ふ。

訳 昨夜、梁園の地に雪が降っていたが、従弟《いとこ》の自分は寒くてたまらなかったが、従兄《いとこ》の貴方は寒くは無かったことだろう。今朝《けさ》見ると、庭先の木々は雪を被《かぶ》って宝石の木の様《よう》に美しく、それにつけても、胸一杯に湧く思いに縁《えん》続きの従兄のことを思っている。

関 題名の虞城の宰は、虞城県知事のことである。

91 焦山《しょうざん》より松寥山《しょうりょうざん》を望《のぞ》む

石壁《せきへき》にて松寥《しょうりょう》を望《のぞ》めば、／宛然《えんぜん》として碧霄《へきしょう》に在《あ》り。
安《いず》くにか五綵《ごさい》の虹《にじ》を得《え》て、／天《てん》に架《か》して長橋と作《な》さん。
仙人《せんにん》如《も》し我《われ》を愛《あい》さば、／手《て》を挙《あ》げて来《きた》りて相《あ》ひ招《まね》かん。

訳　焦山《しょうざん》の頂《いただき》の岩《いわ》の壁《かべ》の辺《あた》りから、松寥山《しょうりょうざん》を眺めると、まるで青空に融《と》け込んでいる。何処《どこ》かで五色の虹を手に入れて、大空に架《か》け渡して長い橋にしたいものだ。仙人がもしも私に親切にしてくれるのなら、手を挙げてやって来て、お互いに親しく交際しようと思う。

関　天宝六年（七四七）李白四十七歳の時の作である。

92　労労亭《ろうろうてい》

天下傷心《てんかしょうしん》の処《ところ》にして、／労労《ろうろう》として客《かく》を送《おく》るの亭《てい》なり。
春風《しゅんぷう》は別《わか》れの苦《く》を知《し》りて、／柳条《りゅうじょう》を青《あお》からしめす。

訳　世の中の人々が心を痛める場所であって、仕事の苦労を思いやりながら、旅立つ人を見送る場所なのである。春風は別れの悲しみを知っているから、柳の細い枝が芽吹《めぶ》いて緑の葉に成らない様《よう》に（春の季節が早く来ない様に）しているのである。

関 労労亭は、旅人を見送る場所であったらしい。

93　早《つと》に海霞《かいか》の辺《あた》りを望《のぞ》む

四明《しめい》の三千里《り》に、／朝《あした》に起《おこ》る赤城《せきじょう》の霞《かすみ》。
日出《ひいで》て紅光散《こうこうさん》じ、／輝《かがや》きを分《わか》つて雪崖《せつがい》を照《てら》す。
一餐《いっさん》して瓊液《けいえき》を咽《の》み、／五内《ない》に金沙《きんさ》を発《はっ》す。
手《て》を挙《あ》げて何をか待つ所は、／青龍《せいりゅう》・白虎《びゃくこ》の車《くるま》なり。

訳 四明《しめい》の山の山裾《やますそ》は三千里も有るが、朝に成ると赤城《せきじょう》の土地の辺《あた》りから霞《かすみ》が立ち籠《こ》めている。太陽が上って来ると、紅《あか》い光が辺《あた》りを照し始め、太陽の輝きは雪の崖《がけ》なども照している。一《ひと》たびその霞を味わって見ると、宝石の様な液体を飲んだらしく、体内に金の砂が生ずる様《よう》である。そこで手を挙げて、仙人の乗った青龍車や白虎車が来るのを待っている。

関　三千里の三千は数が多いことの形容である。五内は五臓（心・肺・肝・腎・脾）をいう。結びの句は、仙人が迎えに来てくれるのを待っている気持ちである。

94　対酒行《たいしゅこう》

松子《しょうし》は金華《きんか》に棲《す》み、／安期《あんき》は蓬海《ほうかい》に入《い》る。
此《こ》の人《ひと》は古《いにし》への仙《せん》にして、／羽化《うか》して竟《つい》に何《いず》くにか在《あ》る。
浮生《ふせい》は流電《りゅうでん》よりも速《すみや》かに、／倏忽《しゅくこつ》として光彩《こうさい》を変《へん》ず。
天地《てんち》は彫換無《ちょうかんな》く、／容顔《ようがん》は遷改《せんかい》有り。
酒《さけ》に対《たい》して肯《あえ》て飲《の》まず、／情《じょう》を含《ふく》んで誰《たれ》を待《ま》たんと欲《ほっ》するか。

訳　仙人の赤松子《せきしょうし》は金華山《きんかざん》に棲《す》んでいたし、仙人の安期生《あんきせい》は蓬萊《ほうらい》の海に居たが、この仙人たちは昔の仙人で、羽を生《はや》して飛び去った様《よう》で、今は何処《どこ》に居るのか分《わか》らない。世の中は稲妻《いなずま》よりも速《はや》く変化《へんか》して、ほんの少しの短かい時間でも月の光を変化するのである。天地はその形を変えることは無いが、人の顔つきは変《かわ》って行《ゆ》くものである。酒を前にして今は決して飲まないが、会《あ》いたい気持を抑《おさ》えて、誰かが来てくれるのを待っていようとしているのである。

関 李白は、仙人の誰かが訪《たず》ねて来てくれたら、一緒に酒を飲みたいと思っているのである。

95

陸判官《りくはんがん》の琵琶峡《びわきよう》に往《ゆ》くを送《おく》る

水国《すいこく》の秋風《しゆうふう》の夜《よ》は、／殊《こと》に送別《そうべつ》の時《とき》に非《あら》ず。
長安《ちようあん》は夢裏《むり》の如《ごと》く、／何《いず》れの日《ひ》か是《こ》れ帰期《きき》なる。

訳 水辺《みずべ》の土地に秋風《あきかぜ》が吹く夜は、特に別れの時期ではない。貴方《あなた》と交際した長安《ちようあん》での月日は夢の様《よう》で、今《いま》別れて行く貴方は、何時《いつ》になったら帰って来《こ》られるのだろうか。

関 陸判官という人のことは分らない。李白と親しくしていた人であろう。

96

蘇台覧古《そだいらんこ》

旧苑《きゅうえん》の荒台《こうだい》に柳色《りゅうしょく》新《あら》たなり、／菱歌《りょうか》の清唱《せいしょう》は春《はる》に勝《た》へず。
只今《ただいま》は惟《た》だ西江《せいこう》の月有《つきあ》るも、／曾《かつ》ては照《てら》す呉王宮裏《ごおうきゅうり》の人《ひと》。

訳 古い庭園の荒れ果てた高台《たかだい》に、柳の緑の葉のみが新鮮である。菱《ひし》を採《と》る女性達の歌声が聞えて来るが、何か物悲しい春の感じがする。今はただ長江の流れを照している月だが、昔は呉王《ごおう》の宮殿の賑やかな人々を照していたことだろう。

関 荒台は、荒れ果てた建物とも解せるが見晴しの良い台地の意味に解して置いた。天宝七年（七四八）李白四十八歳の時の作である。

97

王昌齢《おうしょうれい》の龍標《りゅうひょう》に左遷《させん》されしを聞き遥《はる》かに此《こ》の寄有《きあ》り

楊花《ようか》落ち尽して子規《ほととぎす》啼《な》く、／聞くならく龍標《りゅうひょう》は五渓《ごけい》を過ぐ、と。
我《われ》は愁心《しゅうしん》を寄せて明月に与《あた》ふれば、／風に随って直《ただ》ちに夜郎《やろう》の西に到らん。

訳 楊《やなぎ》の花も落ちて、子規《ほととぎす》が鳴く頃となった。聞くところでは龍標は五渓の地よりまだ遠くだという。私は悲しい気持を明るい月に持たせたから、風に吹かれてその気持ちは夜郎の地の西までも届くことだろう。

関 題名は、王昌齢が左遷されて龍標の地に赴くと聞いて、この詩を贈る、という意味である。

98 席《せき》を江上《こうじょう》に挂《か》けて月を待ちつつ懐《おも》ふこと有《あ》り

月を待ちて月未《いま》だ出《い》でず、／江《こう》を望めば江自《おのず》から流る。
倏忽《しゅくこつ》として城西《じょうさい》の郭《かく》に、／青天《せいてん》に玉鈎《ぎょくこう》を懸《か》く。

素華《そかみ》覧るべしと雖《いえ》ども、／清景《せいけい》に同遊《どうゆう》あらず。
耿耿《こうこう》たる金波《きんぱ》の裏《うち》に、／空《むな》しく瞻《み》る鳷鵲楼《しじゃくろう》。

訳 月の出を待っているが、月はまだ出ない。大河を眺めると、大河はゆったりと流れている。忽《たちま》ち町の西の辺りが浮ぶと、夜の青空に月が輝いた。その月の美しい輝きは見るに値《あたい》すると言えるが、この美しい景色を共に眺める友達はいない。輝き渡る月の光に照された大河の彼方《かなた》に鳷鵲楼《しじゃくろう》（鳷鵲《しじゃく》）の辺りが見えている。

関 鳷鵲《しじゃく》は地名らしい。楼《ろう》は高い建物の意味に用いられている。

99 東林寺《とうりんじ》の僧《そう》に別《わか》る

東林《とうりん》は客《きゃく》を送《おく》る処《ところ》、／月出《つきい》でて白猿《はくえん》啼《な》く。
笑《わら》つて廬山《ろざん》に別《わか》れて遠《とお》く、／何《なん》ぞ虎渓《こけい》に過《す》ぐるを煩《わずら》はさん。

訳　東林寺の有る所は客を見送る所で、月が上《のぼ》って来て白猿《はくえん》が啼《な》く声がする。見送りの人《ひと》に親しく挨拶して、廬山《ろざん》から遠い地へ帰って行くのだから、何も虎渓《こけい》の辺《あた》りまで見送って、下《くだ》さらなくていい。

関　東林寺は道教の寺らしい。白猿は白い毛の猿で、神秘的な猿である。自分は遠い土地に帰って行くので、虎渓までも見送って下さらなくていいですよ、という意味であろう。天宝九年（七五〇）李白五十歳の時の作である。

100　玉《たま》を抱《いだ》いて楚国《そこく》に入《い》る

玉《たま》を抱《いだ》いて楚国《そこく》に入《い》り、／疑《うたが》はれしは古《いにしえ》へ聞《き》く所《ところ》なり。
良宝《りようほう》は終《つい》に棄《す》てられて、／徒労《とろう》にして三《み》たび君《きみ》に献《けん》ず。
直《す》ぐなる木《き》は先《ま》づ伐《き》らるるを忌《い》み、／芳蘭《ほうらん》は自《みず》から焚《た》くを哀《かな》しむ。
盈満《えいまん》は天《てん》の損《そん》する所《ところ》にして、／沈溟《ちんめい》と道《みち》は群《ぐん》を為《な》すなり。
東海《とうかい》は碧水《へきすい》に汎《しず》み、／西関《せいかん》は紫雲《しうん》に乗《じよう》ず。

魯連《ろれん》と柱史《ちゅうし》と、／以《もっ》て清芬《せいふん》を躡《ふ》むべし。

訳　宝石を抱《かか》えて楚《そ》国に行ったが、本物の宝石かどうかと疑われたという話は、昔、聞いた話である。立派な宝石は最後まで認められなかったが、無駄な骨折りになったが三度も国王に献上しようとしたのだった。真っ直ぐな幹《みき》の木は、すぐに材木にするために伐《き》られるし、良い香りの蘭《らん》はその香りのために焚《た》かれるのが悲しいことである。物事が完璧の状態である時は、天《てん》（宇宙の支配者）がその状態を減《へら》そうとするもので、開《ひら》けない物事と自然の教えとは同じ物事なのである。魯《ろ》仲連が踏みつけた東の海は青い水に変り、老子が通った西の関所《せきしょ》には紫雲《しうん》が棚引《たなび》いている。魯仲連と老子との清らかな行為は、それにあやかりたいものである。

関　この詩は、才能が有りながら認められない李白が、自分の身を譬えた詩である、とする見方も有るらしい。天宝十二年（七五三）李白五十三歳の時の作である。

101　崔八丈《さいはちじょう》の水亭《すいてい》を過《よぎ》る

高閣《こうかく》は秀気《しゅうき》を横《よこ》たへ、／清幽《せいゆう》は併《あわ》せて君《きみ》に在《あ》り。
簷《のき》には飛《と》ぶ宛渓《えんけい》の水《みず》、／窓《まど》には落《お》つ敬亭《けいてい》の雲。
猿嘯《えんしょう》は風《かぜ》の中《うち》に断《た》え、／漁歌《ぎょか》は月《つき》の裏《うち》に聞《きこ》ゆ。
閑《しず》かに白鷗《はくおう》に随《したが》つて去《さ》り、／沙上《さじょう》に自《おのず》から群《ぐん》を為《な》す。

訳　高い立派な建物は、すぐれた気品を湛《たた》えており、清らかさや奥深《おくぶか》さは、どちらも貴方の人格を表《あら》わしている。軒端《のきば》からは宛渓《えんけい》の谷川の水が迫って来ている様に近くに見えるし、窓辺《まどべ》には敬亭山の上空の雲が手に届く様に見える。猿が啼く声が風の間《ま》に間《ま》に聞えているし、遠く海の方から漁《りょう》の歌声が月の光の中で聞えて来る。貴方はのんびりと白い鷗《かもめ》と一緒に飛び去って、河の中洲の砂の上で鷗たちと共にいるのだろう。

関　題名にある崔八丈《さいはちじょう》という人物に就いては不明である。「過る」をヨギルと読んだのは、立寄ったという意味で、昔の訓読ではスギルは、ただ通過するという意味であった。

102　秋《あき》、宣城《せんじよう》の謝眺《しやちよう》の北楼《ほくろう》に登《のぼ》る

江城《こうじよう》は画裏《がり》の如《ごと》く、／山《やま》は晩《ばん》にして晴《は》れし空《そら》を望《のぞ》む。
両水《りようすい》は明鏡《めいきよう》を夾《さしはさ》み、／双橋《そうきよう》は彩虹《さいこう》に落《お》つ。
人煙《じんえん》は橘柚《きつゆう》に寒《さむ》く、／秋色《しゆうしよく》は梧桐《ごとう》に老《お》ゆ。
誰《たれ》か念《おも》はん北楼《ほくろう》の上《ほとり》、／風《かぜ》に臨《のぞ》んで謝公を懐《なつか》しむ。

訳　大河に臨《のぞ》む宣《せん》州の土地は、絵に描《か》いた様に美しく、山は夕暮れも近いが晴れ渡った空が眺められる。二つの大河は鏡の様に輝きながら宣州の土地を挟《はさ》んで流れており、大河に懸っている鳳凰《ほうおう》と済川《さいせん》の二つの橋は、虹の様に大河に映《うつ》っている。人家の炊事《すいじ》の煙は、橘や柚の木の辺りに立ち上っており、秋の気配は梧桐の辺りに濃く漂っている。誰がこの北楼の景色を見て思うことだろうか。風に吹かれながら謝眺公をなつかしく思いだしていることだろうか。

関　謝眺の字《あざな》は玄暉で、李白が尊敬する文人であったらしい。

103

宛渓館《えんけいかん》に題《だい》す

吾《われ》は憐《あわ》れむ宛渓《えんけい》の好《よ》きを、／百尺《しゃく》、心《こころ》を照《てら》して明《あきら》かなり。
何《なに》をか謝せん新安《しんあん》の水《みず》、／千尋《じん》、底《そこ》の清《きよ》きを見《み》る。
白沙《はくさ》は月《つき》の色《いろ》を留《とど》め、／緑竹《りよくちく》は秋《あき》の声《こえ》を助《たす》く。
却《かえ》つて笑《わら》ふ巌湍《がんたん》の上《ほとり》、／今《いま》にして独《ひと》り名《な》を擅《ほしいまま》にす。

訳　自分は宛渓の景色の好いのに心を惹《ひ》かれるのだが、宛渓の水の深さは百尺も有って、見る者の心を明るく照している。それに何も劣らないのが新安の水で、千尋の深さの有る水の底まで見える程、清らかである。白い砂地は月の光を受けて美しく、緑の竹林は秋風の音を立て始めている。一そう興味深くなる厳端の周辺は、今日《こんにち》になってもその優れた景色だという評判は失わないのである。

関　宛渓は宣城の外の地で、館は宿舎の意味である。

104

九日《ここのか》

今日の雲景《うんけい》は好《この》ましく、／水は緑にして秋の山は明《あきら》かなり。
壺《つぼ》を携《たずさ》へて流霞《りゅうか》を酌《く》み、／菊を搴《たお》りて寒泉《かんせん》に泛《うか》ぶ。
地《ち》は遠《とお》くして松石《しょうせき》は古く、／風は絃管を揚《あ》げて清らかなり。
觴《しょう》を窺《うかが》ひて歓顔《かんがん》を照《てら》し、／独《ひと》り笑ひて還《ま》た自《おのず》から傾《かたむ》く。
帽《ぼう》を落《おと》して山月《さんげつ》に酔《よ》ひ、／空《むな》しく歌《うた》ひて友生《ゆうせい》を懐《おも》ふ。

訳　重陽《ちょうよう》の九月九日今日は空の雲の模様も好《この》ましく、水は青く澄んで秋の山をくっきりと映《うつ》している。そこで酒の壺を持って清酒《せいしゅ》を飲もうと思って、菊の花の枝を手折って、清酒に浮べて見た。俗世間から遠く離れて松も古びているし岩も古びている。風に吹かれて松の樹々は音楽を奏でる様に音を立て、清らかな雰囲気である。盃を覗き込めば清酒に自分の満足した顔が映っているし、満足の笑《え》みを自然に盃の酒を飲み続けるのである。酔って帽子も脱げ落ちる程、気持ち良く歌をうたいながら、山の月の光を浴びつつ、遠くにいる友人の事を思うのである。

関 九日は九月九日の重陽の日であるが、一から十までの中で九が最も大きい数の奇数（陽）であるから重陽と言うのである。流霞は清酒のことだという。

105　胡人《こじん》の笛《ふえ》を吹くを見《み》る

胡人《こじん》、玉笛《ぎょくてき》を吹く、／一半《いっぱん》は是《こ》れ秦声《しんせい》。
十月、呉山《ござん》の暁《あかつき》、／梅花《ばいか》は敬亭《けいてい》に落つ。
愁《うれ》へて出塞《しゅつさい》の曲を聞《き》けば、／涙《なみだ》は逐臣《ちくしん》の纓《えい》に満《み》つ。
却《かえ》つて長安《ちょうあん》の道《みち》を望《のぞ》み、／空《むな》しく主《しゅ》を恋《こ》ふの情《じょう》を懐《おも》ふ。

訳 塞外民族の胡人《こじん》が、飾りの附いた笛を吹いているが、半分は秦《しん》の曲である。今は十月で、呉山《ござん》の明け方であるが、落梅花《らくばいか》という曲を吹いていると、梅の花が敬亭の山に落ちている。物悲しくなって出塞の曲を聞いていると、宮廷を離れた身の冠《かんむり》の纓《えい》を涙が濡らしてしまう。振り返って長安の都に続く道を見渡すと、取りとめもなく主君恋しく思う気持ちが湧いて来るのである。

関 題名の「観る」から察すれば、李白は笛の音だけを聞いているのではなく、胡人の演奏する姿も見ているのだろう。

106 謝公亭《しやこうてい》

謝亭《しやてい》は離別《りべつ》の処《ところ》、／風景は毎《つね》に愁《うれ》ひを生《しよう》ず。
客散《さん》ずれば晴天の月、／山は空《むな》しく碧水流《へきすいなが》る。
池の花は春は日に映《えい》じ、／窓の竹は夜に秋を鳴らす。
今古は一に相ひ接して、／長歌《ちようか》して旧遊《きゆうゆう》を懐《おも》ふ。

訳 謝亭《しやてい》（謝公亭）は、謝眺が范雲と別れた場所で、その辺りの風景は、いつも愁いに包まれている。訪れた人々が帰って行った後には、大空に月が輝いており、人気《ひとけ》の無い山には青い水の川の流れが取り巻いている。池に咲く花は春の日に照らされて美しく、窓辺の竹は秋の夜に風にそよいで葉摺れの音を立てている。昔も今も謝公亭一つに集って、歌を口ずさんで昔の事を懐《なつ》かしんでいるのである。

107　校書叔雲《こうしよしゆくうん》に餞《はなむけ》す

少年は白日《はくじつ》を費《ついや》し、／歌笑《かしよう》して朱顔《しゆがん》を矜《ほこ》る。
知らずして忽《たちま》ち已《すで》に老《お》いて、／喜んで春風《しゆんぷう》の還《かえ》るを見《み》る。
別《わか》れを惜《お》しんで且《か》つ歓《かん》を為《な》し、／桃李《とうり》の間《かん》を徘徊《はいかい》す。
花《はな》を看《み》て美酒《びしゆ》を飲み、／鳥《とり》を聴《き》いて青山《せいざん》に臨《のぞ》む。
晩《ばん》に向《むか》つて竹林《ちくりん》寂《じやく》たり、／人《ひと》をして空《むな》しく関《かん》を閉《と》づ。

訳　若い頃は思い通りの日々を過し、愉快な生活をして若さを満喫しているものだ。気がつかない中に、あっと言う間《ま》に年老いて暖かな春風がまたも吹いてくれるのを楽しむ様になるのだ。貴方との別れを惜しみながら、今、貴方と楽しむ時を過そうとしている。桃や李《すもも》の花の咲くのを眺めながら美酒《うまざけ》を飲み、鳥の啼《な》く声を聴きながら緑の山の景色を眺めている。日暮れに近く竹の林は寂《さび》し気《げ》な様子である。日が暮れようとしている時なので、人が来て門を閉じてしまった。

108　独《ひと》り敬亭山《けいていざん》に座《ざ》す

衆鳥《しゅうちょう》高く飛び尽《つく》し、／孤雲《こうん》独り去つて閑なり。
相《あ》ひ看《み》て両《ふた》つながら厭《いと》はず、／只《ただ》敬亭の山有り。

訳　多くの鳥は空高く飛び去り、千切れ雲もいつの間にか去って行った。互いに看《み》ていて倦きないものは、ただ敬亭山と私とだけになった。

109 蜀僧《しよくそう》の濬《しゆん》の琴《こと》を弾《だん》ずるを聴《き》く

蜀僧《しよくそう》は緑樹《りよくじゆ》を抱《いだ》きて、／西《にし》のかた峨眉《がび》の峰《みね》を下《くだ》る。
我《わ》が為《ため》に一《ひと》たび手《て》を揮《ふる》へば、／万壑《ばんかく》の松《まつ》を聴《き》くが如《ごと》し。
客心《かくしん》 流水《りゆうすい》を洗《あら》へば、／余響《よきよう》は霜鐘《そうしよう》に入《い》る。
覚《おぼ》えず碧山《へきざん》の暮《くれ》、／秋雲《しゆううん》 暗《くら》きこと幾重《いくじゆう》。

訳 蜀《しよく》の僧の濬《しゆん》は、緑樹と名づけられた琴を抱いて、西の彼方の峨眉山《がびさん》を下って来た。私のために琴を奏し始めると、山々の松林の風に鳴る響きの様である。旅人の心は流れ行く水に清められ、琴の響きは霜《しも》の夜の鐘の音に溶け込む。緑の山が夕暮れになるのも気づかず、秋空の雲がだんだんに夕暮れの暗い空に成るのも気づかずに演奏に聴き入ったのであった。

110 春日《しゆんじつ》、独坐《どくざ》して鄭明府《ていめいふ》に寄《よ》す

燕麦青青《えんばくせいせい》として遊子《ゆうし》悲《かな》しめば、／河堤《かてい》の弱柳《じゃくりゅう》、鬱金《うこん》の枝《えだ》なり。
長条《ちょうじょう》は一《ひと》たび春風《しゅんぷう》を払《はら》つて去《さ》り、／尽日《じんじつ》飄揚《ひょうよう》して定時《ていじ》無《な》し。
我《わ》れ河南《かなん》に在《あ》りて別離《べつり》久《ひさ》しく、／那《なん》ぞ堪《た》へん此《ここ》に対《たい》して当《まさ》に窓牖《そうゆう》するに。
情人《じょうにん》は来《きた》ると道《い》ひて竟《つい》に来《きた》らず、／何人《なんぴと》か共《とも》に新豊《しんぽう》の酒《さけ》に酔《よ》はむ。

訳　見渡せば燕麦《えんばく》が青々とした情景だが、旅人の心は淋しい。河の岸辺の弱々しい柳の枝は鬱金《うこん》の色をしている。柳の長い枝は、一《ひと》たび春風に吹かれていたが、今は一日中ゆったりと風になびいて動きが止ることも無い。私が河南に行ってから、貴方との別れも長い月日となって、窓の外の様子を眺めながら、別れの淋しさは抑えられないのだ。私に来ると言った親しい人は、とうとう来なくなったが、貴方は誰かと一緒に新豊の酒を飲んで良い気持で酔っているのだろうか。

関　天宝十三年（七五四）李白が五十四歳の時の作である。鄭明府は県知事ではないか、と言われる。

111　友人《ゆうじん》の梅湖《ばいこ》に遊《あそ》ぶを送《おく》る

君《きみ》が梅湖《ばいこ》に遊《あそ》ぶを送《おく》る、／応《まさ》に梅花《ばいか》の発《ひら》くを見《み》るべし。
使有《つかいあ》り我《われ》よ寄せ来《きた》らば、／紅芳《こうほう》をして歇《や》ましむること無《な》かれ。
暫《しばら》く新林浦《しんりんぽ》を行《ゆ》かば、／定《さだ》めて金陵《きんりよう》の月《つき》に酔《よ》はむ。
一雁《いちがん》の書《しよ》を惜《お》しんで、／音塵《おんじん》の胡越《こえつ》に座《ざ》せしむること莫《な》かれ。

訳　君が梅湖に遊びに出かけるのを見送ったが、きっと梅の花が咲いているのを見ることだろう。使いの者に私の所へ届けてくれるなら、梅の花の美しさが失われないようにして貰いたい。新林浦を通っている中に、多分、金陵あたりで月を眺めながら一杯やっていることだろう。ただ簡単な便りを寄越すことも忘れて、君と私とが北の胡と南の越の様に離れてしまわない様にして欲しい。

112

晁卿衡《ちょうけいこう》を哭《こく》す

日本《にほん》の晁卿《ちょうけい》は帝都《ていと》を辞《じ》し、／征帆一片蓬壺《せいはんいっぺんほうこ》を遶《めぐ》る。
明月《めいげつ》は帰《かえ》らずして碧海《へきかい》に沈《しず》み、／白雲《はくうん》の愁色《しゅうしょく》は蒼梧《そうご》に満《み》つ。

訳 日本の晁卿（阿倍仲麻呂《あべのなかまろ》）は、長安の都を去って、船旅に出発して蓬萊山の辺《あた》りを巡って進んで行った。明月の様な晁卿は再び帰ることも無く青海原に沈んでしまって、白雲も悲し気な様子で、海中の仙山という青梧を愁いに包んでいるだろう。

関 晁卿は阿倍仲麻呂のことである。仲麻呂は五十年ほど中国に滞在していたらしい。阿倍仲麻呂の和歌は、確か「天の原 ふりさけ見れば 春日なる 三笠の山に出《い》でし月かも」だったと思う。

113

清渓行《せいけいこう》

清渓《せいけい》は我《わ》が心《こころ》を清《きよ》くし、／水《みず》の色《いろ》は諸水《しょすい》に異《こと》なる。
借問《しゃもん》す、新安江《しんあんこう》は、／底《そこ》を見《み》るに何《なん》ぞ此《ここ》に如《し》かんや。
人《ひと》は明鏡《めいきょう》の中《うち》を行《ゆ》き、／鳥《とり》は屏風《びょうぶ》の裏《うち》を度《わた》る。
晩《ばん》に向《むか》つて猩猩《しょうじょう》啼《な》き、／空《むな》しく悲《かな》しむ遠遊《えんゆう》の子《し》。

訳　清渓は、私の心を清くしてくれるが、その水の色は、他の多くの水とは異なっている。ちょっと尋ねたいが、新安江の川底を見ると、清渓には及ばない様である。この辺りを行く人間は、鏡の中を歩く様な気分に成るし、鳥は屏風の様に切り立った山の合い間を渡って行く様である。夜遅くなると猩猩《しょうじょう》が啼《な》き、何ということなく悲しい気分に成ってしまう遠くへ来た旅人なのである。

114　清渓《せいけい》の半夜《はんや》に笛《ふえ》を聞《き》く

羌笛《きょうてき》の梅花《ばいか》の引《いん》、／呉渓《ごけい》隴水《りゅうすい》の情《じょう》。

寒山秋浦《かんざんしゅうほ》の月《つき》に、／腸《はらわた》は断《た》つ玉関《ぎょくかん》の声《こえ》。

訳 羌人《きょうじん》が笛で「梅花の引」という曲を吹いているが、呉渓《ごけい》にいる自分に隴水の川音の咽《むせ》び泣く様な気持を起させている。人気無い山の秋浦の土地にいて、腸が千切れる様な淋しい気持ちになって、玉門関の外の土地に自分はいるのである。

115 秋浦歌《しゅうほか》 十七首《しゅ》

其の十五
白髪《はくはつ》三千丈《じょう》、／愁《うれ》ひに縁《よ》つて箇《かく》の似《ごと》く長《なが》し。
知らず明鏡《めいきょう》の裏《うち》、／何《いず》れの処《ところ》にか秋霜《しゅうそう》を得《え》たる。

訳 自分の頭の白髪《しらが》は長く長く伸びているが、心配事が有ったので、こんなに白髪が伸びてしまったのだ。鏡の中に映っている自分の白髪を見ると、どこから秋の霜の様にこんな白髪になってしまったのか、分らないのだ。

関 題の秋浦《しゅうほ》は県名。李白五十四歳の時の作で、味《あじわい》深いが、この十五首目は特に人々に知られている。一丈は十尺だったと思うが、三千丈の長さの髪の毛など有り得ない。愁いの深さの形容だが詩人の心を思いやるべきであろう。

其の十七首
桃波《とうは》一歩《いっぽ》の地《ち》、／了了《りょうりょう》として語声《ごせい》聞《き》こゆ。
闇《あん》に山僧《さんそう》と別《わか》れ、／頭《こうべ》を低《た》れて白雲《はくうん》に礼《れい》す。

訳 桃胡陂は、すぐ近い所で、そこの寺の中の人声がハッキリと聞き取れる。特に挨拶もせずに山寺の僧侶と別れたが、白雲の彼方《かなた》の仏に対して頭を下げて拝んだのだった。

116
白鷺鷥《はくろし》

白鷺《はくろ》は秋 水《しゅうすい》に下《お》り、／孤飛《こひ》して霜《しも》を墜《おと》すが如《ごと》し。
心 閑《こころのど》かにして且《しばら》く未《いま》だ去《さ》らず、／独《ひと》り立《た》つ沙洲《さしゅう》の傍《かたわ》らに。

訳 白い羽の鷺が秋の水面に一羽だけ舞い下りて来ているが、羽を白くしている霜を払い落すらしい。自分は、のんびりとした気分でその情景を見ていたのだが、砂浜の傍らで一人で見ていた。

117 汪倫《おうりん》に贈《おく》る

李白《りはく》は舟《ふね》に乗《の》りて将《まさ》に行かんと欲《ほっ》す、／忽《たちま》ち聞《き》く岸 上《がんじょう》の踏歌《とうか》の声《こえ》。
桃花《とうか》の潭水《たんすい》は深《ふか》さ千尺《せんしゃく》なるも、／汪倫《おうりん》が我《われ》を送《おく》るの情《じょう》に及《およ》ばず。

訳 私（李白）は、舟に乗って出発しようとしていたが、急に岸の上で踏歌（手をつないで大地を踏み鳴らす）の歌声を聞いた。桃花潭（湖）の水の深さは千尺だというが、汪倫《おうりん》が私を見送る気持ちの深さには及ばない。

関　天宝十四年（七五五）李白五十五歳の時の作である。汪倫《おうりん》は村人で、李白と飲み友達であったらしい。「深さ千尺」も深さの形容であろう。

118　当塗《とうと》の趙少府《ちようしようふ》の炎《えん》に寄《よ》す

晩《ばん》に高楼《こうろう》に登《のぼ》つて望《のぞ》めば、／木《き》は落《お》ちて双江清《そうこうきよ》し。
寒山《かんざん》に積翠饒《せきすいおお》く、／秀色《しゆうしよく》は州城《しゆうじよう》に連《つら》なる。
目《め》は楚雲《そうん》を送《おく》つて尽《つく》し、／心《こころ》は胡雁《こがん》の声《こえ》を悲《かな》しむ。
相《あ》ひ思《おも》ふも見《み》るべからず、／首《こうべ》を廻《めぐ》らす故人《こじん》の情《じよう》。

訳　夕方遅く高い建物に上って眺めて見ると、木々の葉は落ちていて、二つの河の流れが清らかに見える。人気《ひとけ》の無い山は木々の緑が重なって見え、その美しい景色は州の城まで続いている。楚《そ》の土地の辺りの雲かと思って見やると、胡雁の鳴く声が心に沁《し》みて悲しくなる。お互いに相手のことを気づかっても会うことは出来ないので、夕暮れの景色を眺めながら友達の事を思っているのである。

119　白鷺鷥《はくろし》を賦《ふ》し得《え》て宋少府《そうしょうふ》の三峡《きょう》に入《い》るを送《おく》る

白鷺《はくろ》は一足《そく》を拳《けん》にして、／月明《つきあきら》か秋水《しゅうすい》寒《さむ》し。
人《ひと》は驚《おどろ》く遠《とお》く飛《と》び去《さ》つて、／直《ただ》ちに使君灘《しくんだん》に向《むか》ふを。

訳　白鷺《しらさぎ》は片足を縮《ちぢ》め水辺《みずべ》に立っているが、秋の月は明るく水辺は寒々《さむざむ》と見える。人々は驚くが、白鷺は遠くまで飛び去って荒海《あらうみ》の使君灘《しくんだん》の辺りまで向って行くのだと言う。

関　至徳元年（七五六）李白五十六歳の時の作である。

120　三五七言《げん》

秋風清《しゅうふうきよ》く、／秋月明《しゅうげつあき》らかなり。
落葉《らくよう》は聚《あつま》つて還《ま》た散《さん》じ、／寒鴉《かんあ》は棲《す》んで復《ま》た驚《おどろ》く。
相《あ》ひ思《おも》ひ相《あ》ひ見《み》るは何《いず》れの日《ひ》なるかを知る。／此《こ》の時《とき》此《こ》の夜《よ》は情《じょう》を為《な》し難《がた》し。

訳　秋の風が清らかに吹いていて、秋の月は明るく照している。落ち葉は、吹き溜っているが、また風で散ってしまい、冬の鴉《からす》は巣に籠《こも》っているが、また強い風が吹くと驚いている。互いに愛し合い、互いに逢うことは、いつの日に成ることだろう。今の時刻、今の夜は親しい人と会うことは出来ない様だ。

関　題は、この詩句が三字（三言）、五字七字から成り立っていることを示したものである。

121　銭徴君少陽《せんちょうくんしょうよう》に贈《おく》る

白玉一杯《はくぎよくいつぱい》の酒《さけ》、／緑楊三月《りよくようさんがつ》の時《とき》。
春風幾日《しゆんぷういくにち》を余《あま》すか、／両鬢《りようびん》各々糸《おのおのいと》を成す。
燭《しよく》を秉《と》つて唯《た》だ須《すべか》らく飲《の》むべし。／竿《さお》を投《とう》ずる也《ま》た未《いま》だ遅《おそ》からず。
如《も》し渭水《いすい》の猟《りよう》に逢《あ》はば、／猶《な》ほ帝王《ていおう》の師《し》たるべし。

訳　白玉の盃に酒を並み並みと注いで飲もうとしているが、三月の楊《やなぎ》は緑も濃く、春風はもうそろそろ終りとなりそうだ。自分の両頬の鬢《びん》の毛は糸の様にほつれている。灯りを持って来て、どんどん飲もうではないか。釣り竿を手に魚を取るのもいい。もし渭水の辺りで釣りをしていて、良い機会に恵まれたなら、もしかすると帝王の助言者に成れるかも知れない。

関　終りの二句は、文王が渭水のほとりで太公望に出会った事を詠んでいる。至徳二年（七五七）李白五十七歳の時の作である。

122　空城《くうじよう》の雀《すずめ》

嗷嗷《ごうごう》たり空城《くうじよう》の雀《すずめ》、／身計何《しんけいなん》ぞ戚促《せきそく》たる。
本《もと》と鶺鴒《せきりよう》と群し、／鳳凰《ほうおう》の族《ぞく》に随《したが》はず。
提携《ていけい》する四の黄口《こうこう》は、／乳《ちち》を飲《の》んで未《いま》だ嘗《かつ》て足《た》らず。
君《きみ》が糠粃《こうひ》の余《よ》を食《くら》ひ、／常《つね》に烏鳶《うえん》に逐《お》はれんことを恐《おそ》る。
太行《たいこう》の険《けん》を渉《わた》るを恥《は》ぢ、／覆車《ふくしや》の粟《ぞく》を営《いとな》むを羞《は》づ。
天命《てんめい》に定端《ていたん》有《あ》り、／分《ぶ》を守《まも》つて欲《ほつ》する所《ところ》を絶《た》つ。

訳　賑《にぎや》かに話しているのは、人が住まなくなった城の雀たちである。身の程知らずの可哀想な雀たちである。もともとみそさざい等と仲間に成っている鳳凰《ほうおう》などの霊鳥と一緒には成らない。育てている四羽の雛鳥は、まだこれ迄に十分に飲んだことは無い。だから人間の捨てた米殻や食べ残しを食べていて、いつも烏《からす》や鳶《とび》に襲われることを警戒している。太行の高い山を越えてまで楽な生活を求めたりせず、食糧を運ぶ車からこぼれ落ちた米を拾うことは恥ずかしいと考えている。天命には定められた決りが有るから自分に与えられた運命を守って欲望を捨てているのである。

関　至徳二年（七五七）李白五十七歳の時の作。

123　樹中《じゅちゅう》の草《くさ》

鳥《とり》は野田《やでん》の草《くさ》を銜《ついば》み、／誤《あやま》つて枯桑《こそう》の里《さと》に入《い》る。
客土《かくど》に危根《きこん》を植《う》ゑ、／春《はる》に逢《あ》ふも猶《な》ほ死《し》せず。
草木《くさき》に情無《こころな》しと雖《いえ》ども、／因依《いんい》して尚《な》ほ生《い》くべし。
如何《いかん》か枝葉《しよう》を同《おな》じくし、／各〻《おのおの》自《おのず》から枯栄《こえい》有《あ》り。

訳　鳥が田野にある草をついばんで、間違えて枯れた桑畑に入った。他所の土地に心細くも根を下したが、春になってもやはり生きていた。草や木には心が無いと謂われているが、互いに助け合って生きているらしい。どうしたことか大木は枝や葉が同じ幹から出ているのに、それぞれ枯れたり茂ったりするのだろうか。

江《かわ》の上《ほとり》にて皖公山《かんこうざん》を望《のぞ》む

奇峰《きほう》は奇雲《きうん》を出《いだ》し、／秀木《しゅうぼく》は秀気《しゅうき》を含《ふく》む。
清晏皖公山《せいあんかんこうざん》は、巉絶《ざんぜつ》人の意に称《かな》ふ。
独《ひと》り遊《あそ》ぶ滄江《そうこう》の上《ほと》り、／終日《しゅうじつ》淡《たん》として味《あじ》はひ無《な》し。
但《た》だ愛す茲《こ》の嶺《みね》の高《たか》きを、／何《なに》に由《よ》つて霊異《れいい》討《たず》ねん。
黙然《もくぜん》として遥《はる》かに相《あ》ひ許《ゆる》す、／往《ゆ》かんと欲《ほっ》して心《こころ》に遂《と》ぐる莫《な》し。
吾《わ》が還丹《かんたん》の成《な》るを待《ま》ちて、／跡《あと》を投《とう》じて此《こ》の地《ち》に帰《かえ》るを。

訳　形の良い高い山は形の良い雲を生み出しており、枝ぶりの美しい木は、美しい気分を生み出している。空も晴れ渡ったこの日の皖公山《かんこうざん》はその優れた山の容《かたち》が、人の心を感動させるのである。自分は一人で滄江《そうこう》のほとりで気ままに日を過している、一日中、物思いも無く何の気がかりも無い。ただ、この皖公山の高い山の峰が気に入っているが、どうやってこの山の不思議な魅力を尋ねて行こうとは思っていない。物静かに高い山の峰と向い合っているだけである。行きたいと思うが、その気持ちを満足させてはいない。自分が仙人の薬をうまく練り上げる時が来たらこの山に分け入るのを待って頂きたいと思う。

125 史郎中《しろうちゅう》欽《きん》と黄鶴楼《こうかくろう》上《じょう》に笛《ふえ》を吹《ふ》くを聴《き》く

一《ひと》たび遷客《せんかく》と為《な》つて長沙《ちょうさ》に去《さ》る。／西《にし》のかた長安《ちょうあん》を望《のぞ》めども家《いえ》を見《み》ず。
黄鶴楼《こうかくろう》に玉笛《ぎょくてき》を吹《ふ》く。／江城五月《こうじょうごがつ》に落梅花《らくばいか》なり。

訳　この度《たび》は流罪《るざい》と成って長沙の地に行くことになった。西の方の長安の都を眺めても、家も見えない。黄鶴楼《こうかくろう》に友達と上ったが、誰かが良い音色の笛を吹いている。河のほとりの街は五月に成っているが、笛の曲は「落梅花」で、何か物淋しい。

関　題の郎中は官名らしい。

126

夜郎《やろう》に流《なが》されて江夏《こうか》に至《いた》り、長史《ちょうし》叔《しゅく》及《およ》び薛明府《せつめいふ》に陪《ばい》して興徳寺《こうとくじ》の両閣《りょうかく》に宴《うたげ》す

紺殿《こんでん》は江上《こうじょう》に横《よこ》たはり、／青山《せいざん》は鏡中《きょうちゅう》に落《お》つ。
岸《きし》は廻《めぐ》つて沙《すな》は尽《つ》きず、／日《ひ》は映《えい》じて水《みず》は空《そら》と成《な》る。
天楽《てんがく》は香閣《こうかく》に流《なが》れ、／蓮舟《れんしゅう》は晩風《ばんぷう》に颺《あが》る。
恭《うやうや》しく竹林《ちくりん》の宴《うたげ》に陪《ばい》し、／留酔《りゅうすい》は陶公《とうこう》と与《とも》にす。

訳　寺は河のほとりに建っていて、緑の山は手鏡の中に写っている。岸は山を取り巻いていて白砂の岸辺が遠くまで続いている。太陽は水面を照しているので水の面は空を映している。蓮を採《と》る舟は夕方の風に揺れている。恐縮しながら竹林の宴会にお供が出来て、酔った気持は陶淵明さんに成った様な気分である。

127

王漢陽《おうかんよう》に寄《よ》す

南湖《なんこ》は秋月《しゅうげつ》白《しろ》く、／王宰《おうさい》は夜《よ》に相《あ》ひ邀《むか》ふ。
錦帳《きんちょう》に郎官《ろうかん》酔《よ》ひ、／羅《ら》衣《い》舞女《ぶじょ》嬌《きょう》なり。
笛声《てきせい》は沔鄂《べんがく》に喧《やかま》しく、／歌曲《かきょく》は雲霄《うんしょう》に上《のぼ》る。
別後《べつご》に空《むな》しく我《われ》を愁《うれ》へさせ、／相《あ》ひ思《おも》ふに一水《いっすい》は遥《はる》かなり。

訳　南湖は月の光に白々と照っていて、王さんはこの夜、私を招いて下さった。会場の錦のカーテンの中では、尚書郎の張さんが酔っていたし、薄い衣裳の舞姫たちがなまめかしい。笛の音は対岸の沔鄂《べんがく》の地にまで喧《やかま》しく響くほどで、歌声は雲間にまで響く程であった。別れた後では何か空しく、私は淋しい気持ちになった。お互いに懐かしく思っても大きな河に隔てられて遠く離れてしまった。

128　酔《よ》つて王漢陽《おうかんよう》の庁《ちょう》に題《だい》す

我《われ》は鷓鴣《しゃこ》の鳥《とり》に似《に》たり、／南遷《なんせん》して北《きた》に飛《と》ぶに懶《ものう》し。
時《とき》に藩陽《はんよう》の令《れい》を尋《たず》ねて、／酔《よい》を取《と》つて月中《げっちゅう》に帰《かえ》る。

訳 私は鷓鴣《しゃこ》という鳥に似ている。南の土地を飛び廻っているが、北に行こうとは思っていない。時々漢陽の殿様の所へ出かけて御馳走になって、良い気持に酔って月の光の中を帰ったりしている。

129 夜郎《やろう》に流されて葵葉《きよう》に題《だい》す

慚《は》づ君《きみ》が能《よ》く足を衛《まも》るに、／嘆《たん》ず我《わ》が遠《とお》く根《ね》を移《うつ》せしを。
白日《はくじつ》如《も》し分照せば、／還帰《かんき》して故園を守らん。

訳 恥ずかしい事だが、君が自分の地位をよく守っていられるのに、私は悲しいことに地位を失って遠くに流されるのだ。お日様がもし隅々までも照して下さるなら、流罪を許されて故郷の生活に戻りたいと思う。

130　放後《ほうご》に恩《おん》に遇《あ》ふも霑《うるお》はず

天《てん》は雲《くも》と雷《らい》とを作《おこ》し、／霈然《はいぜん》として徳沢《とくたく》開《ひら》く。
東風《とうふう》は日本《にっぽん》より至《いた》り、／白雉《はくち》は越裳《えつしょう》より来《きた》る。
独《ひと》り長沙《ちょうさ》の国《くに》に棄《す》てられ、／三年《ねん》も回《かえ》るを許《ゆる》されず。
何《いず》れの時《とき》か宣室《せんしつ》に入《い》り、／更《さら》に洛陽《らくよう》の才《さい》を問《と》はれん。

訳　天は雲や雷を作り出し、勢い良く多くの恵みを人々に与えている。東の風は日本から吹いて来るし、白い羽の雉《きじ》は越裳《えつしょう》氏が献上している。私一人は長沙の土地に追いやられて、三年にもなるが都に帰ることを許されていない。何時《いつ》になったら宮殿の宣室に入って、今更《いまさら》ながら、都で評判の詩才が認められることだろうか。

関　題名は、地方に追放された後、恩赦が有ったのに、自分は許されなかったという意味らしい。

131　三峡《きょう》に上《のぼ》る

巫山《ふざん》は青天《せいてん》を夾《さしはさ》み、／巴水《はすい》は流《なが》れて茲《かく》の若《ごと》し。
巴水《はすい》は忽《たちま》ち尽《つ》くすべし、／青天《せいてん》は到《いた》る時《とき》無《な》し。
三朝《ちょう》は黄牛《こうぎゅう》に上《のぼ》り、／三暮《ぼ》は行《ゆ》くに太《はなは》だ遅《おそ》し。
三朝また三暮、／覚《おぼ》えず鬢糸《びんいと》を成《な》す。

訳　巫山《ふざん》の狭い山間《あい》からは僅かに青空が見られ、巴水《はすい》の河は曲りくねって巴《ともえ》の文字の形の様である。巴水の河はすぐにでも突き詰められるのだろうか、青空は何処《どこ》まで行っても尽《つ》きることが無い。三日かかって黄牛峡を上って行くが、三晩かかっても舟の進みはひどく遅い。三日三晩もする中《うち》に、私の横鬢《びん》は糸の様にささくれてしまった。

関　峡は険《けわ》しい山間《あい》のことだろう。巫山《ふざん》（巫峡）、西陵峡、帰峡を三峡と言うらしい。

132 南《みなみ》に夜郎《やろう》に流《なが》されて内《ない》に寄《よ》す

夜郎《やろう》に天外《てんがい》の離居《りきょ》を怨《うら》む。／明月《めいげつ》の楼中《ろうちゅう》に音信疎《いんしんまばら》なり。
北雁《ほくがん》は春《はる》に帰《かえ》つて看《み》るに尽《つ》きんと欲《ほっ》す。／南来《なんらい》に得《え》ず予章《よしょう》の書《しょ》。

訳 夜郎《やろう》の遠い土地で離れ暮すことは残念だ。明るい月夜の高楼《たかどり》に居るのだが便りは殆んど無い。北の雁《かり》は春になると帰って行くのを眺められるが、南に居る私に予章に住む妻からの頼りは無い。

関 乾元二年（七五九）李白五十九歳の年の作である。

133 秋浦桃花《しゅうほとうか》の旧遊《きゅうゆう》を憶《おも》ふ、夜郎《やろう》に鼠《ざん》せらる桃花《とうか》は春水《しゅんすい》に生《しょう》じ、／白石《はくせき》は今出没《いましゅつぼつ》す。
女蘿《じょら》の枝《えだ》を揺蕩《ようとう》し、／半《なか》ば青天《せいてん》の月《つき》を挂《か》く。
知《し》らず旧行《きゅうこう》の径《みち》、／初《はじ》めて幾枝《いくし》の蕨《わらび》を拳する。
三載《さい》して夜郎《やろう》より還《かえ》らば、／茲《ここ》に于《お》いて金骨《きんこつ》を錬《ね》らん。

訳 桃の花は春に河の水に映っていたし、白い石は河の水に見え隠れしている。松に寄生する苔《こけ》枝を揺《ゆ》すって見れば、夜の大空の中に月が輝いている。昔歩いた小道は、どう行けるものだったか分らない。この季節、初めて蕨《わらび》が何本か生え出している。三年経ってこの夜郎の土地から故郷に帰れたら、仙人に成る錬金術を学びたいものだ。

関 題名は、無実の罪を被って夜郎の地に流された事をいう。

134 早《つと》に白帝城《はくていじょう》を発す

朝《あした》に辞《じ》す白帝彩雲《はくていさいうん》の間《かん》、／千里《り》の江陵《こうりょう》一日《いちじつ》に還《かえ》る。

両岸《りょうがん》の猿声《えんせい》啼《な》いて尽《つ》きざるに、／軽舟《けいしゅう》已《すで》に過《す》ぐ万重《ばんちょう》の山《やま》。

訳　朝早く山の頂にある白帝城《はくていじょう》を包む美しい雲間《くもま》から出発して千里も遠い江陵《こうりょう》の土地まで一気に戻って来た。河の両岸の高い山では猿が啼いている声があちこちで聞こえていたが、船足の速い船は、その畳《たた》み重《かさ》なった山々の間を素早く通り過ぎて行ったのだった。

135　賈至舎人《かししゃじん》　龍興寺《りゅうこうじ》に于《おい》て梧桐《ごとう》の枝《えだ》を剪《き》り落《おと》して灉湖《ようこ》を望《のぞ》む

青梧《せいご》の枝《えだ》を剪《き》り落《おと》して、／灉湖《ようこ》は坐《ざ》して窺《うかが》ふべし。
雨《あめ》は秋《あき》の山《やま》を洗《あら》ひて浄《きよ》く、／林光《りんこう》は澹碧《たんぺき》滋《きよ》し。
水《みず》は閑《かん》にして明鏡《めいきょう》転《てん》じ、／雲《くも》は繞《めぐ》つて画屏《がへい》移《うつ》る。
千古《せんこ》風流《ふうりゅう》の事《こと》、／名賢《めいけん》此《こ》の時《とき》を共《とも》にす。

訳　青梧《せいご》の枝を剪り落して、灉湖《ようこ》の景色を座ったまま眺めることが出来た。雨が秋の山を洗った様に綺麗にして、林の明るさは薄緑色に満ちている。水は静かに鏡の様に湛えられ、雲は山を取り巻いて、屏風の絵の様である。千年も古くからの事を考えると、私は今ここに立派な人々と一緒に景色を見ている気分に成るのだ。

136　送別《そうべつ》

水色《すいしょく》は南天《なんてん》に遠《とお》く、／舟行《しゅうこう》は虚《きょ》に在《あ》るが若《ごと》し。
遷人《せんじん》は佳興《かきょう》を発《はっ》し、／吾子《ごし》は閑居《かんきょ》を訪《おとな》ふ。
日落《ひお》ちて帰鳥《きちょう》を看《み》、／潭《たん》澄《す》んで躍魚《やくぎょ》を羨《うらや》む。
聖朝《せいちょう》は賈誼《かぎ》を思《おも》ひて、／応《まさ》に紫泥《しでい》の書《しょ》を降《くだ》すべし。

訳　水の輝きは南の空まで遠く続いており、舟は何も無い所に浮んで行く様に見える。流罪と成った身には甚《はなは》だ面白く感じられたが、貴方は私の住まいを訪れた。日が沈むと巣に帰る鳥の姿が見られ、深く澄んだ水に跳《は》ね上る魚を羨《うらや》ましくも思ったりする。天子は詩才有る賈誼《かぎ》のことを思われて、必ず赦免の書類を下さることと思う。

137　夏《か》十二と岳陽楼《がくようろう》に登《のぼ》る

楼観《ろうかん》は岳陽《がくよう》に尽《つ》き、／川《かわ》は迥《はる》かに洞庭《どうてい》開《ひら》く。
雁《かり》は愁心《しゅうしん》を引《ひ》いて去《さ》り、／山《やま》は好月《こうげつ》を銜《ふく》んで来《きた》る。
雲間《くもま》は連《しき》りに榻《とう》を下《くだ》し、／天上《てんじょう》は行杯《こうはい》に接《せつ》す。
酔後《すいご》に涼風《りょうふう》起《おこ》り、／人《ひと》の舞袖《ぶしゅう》を吹いて廻《まわ》る。

訳　岳州の物見櫓は岳陽楼《がくようろう》で終っていて、川は遥か遠くまで流れていて洞庭湖《どうていこ》に注いでいる。雁《かり》は秋になって悲し気な様子で翔び去って行き、山は秋の美しい月と共にその姿を見せている。雲の合い間に椅子を持ち出し、大空を仰ぎながら酒を飲み続けている。大いに飲んだ後に涼しい風が吹いて来て、舞っている人の袖を飜《ひるが》えしている様子も面白い。

138 春《はる》に沅《げん》湘《しよう》に滞《たい》して山中《さんちゆう》に懐《おも》ふ有《あ》り

沅湘《げんしよう》に春色《しゆんしよく》還《かえ》り、／風は暖かにして草の緑に煙《けむ》る。
古《いにし》への傷心《しようしん》の人《ひと》は、／此《ここ》に于《おい》て腸断《ちようだん》続《ぞく》す。
予《よ》は懐沙《かいさ》の客に非《あら》ざれば、／但《た》だ採菱《さいりよう》の曲を美《び》とす。
願ふ所は東山に帰《かえ》らば、／寸心此《すんしんこ》に于《おい》て足《た》る。

訳 沅湘《げんしよう》の地に再び春がやって来て、風は暖かに吹いて草の緑に煙っている。昔の心が傷ついた人（屈原）は、この土地へ来てひどく悲しい思いをしたことだろう。私は昔を忍ぶ旅人ではないので、ただ菱《ひし》を採《と》る歌が良い曲だと思っている。もしも東山に帰れたら、それだけで満足なのだ。

関 この詩は上元元年（七六〇）李白が六十歳の作である。

139

漢陽《かんよう》の柳色《りゅうしょく》を望《のぞ》んで王宰《おうさい》に寄《よ》す

漢陽《かんよう》の江上《こうじょう》の柳《やなぎ》は、／客《かく》を望《のぞ》んで東枝《とうし》を引《ひ》く。
樹樹《きぎ》の花《はな》は雪《ゆき》の如《ごと》く、／紛紛《ふんぷん》と乱《みだ》れて糸《いと》の若《ごと》し。
春風《しゅんぷう》は我《わ》が意を伝《つた》へ、／草木《そうぼく》は前知《ぜんち》を度《わた》る。
寄謝《きしゃ》す絃歌《げんか》の宰《さい》、／西来《せいらい》は定《さだ》めて未《いま》だ遅《おそ》からず。

訳　漢陽《かんよう》の河のほとりの柳は、旅人の私を見て東の枝で招いている。柳の木々の花は雪の様に白く、細かく乱れ咲いて糸の様に乱れている。春風は私の気持ちを伝え、草や木は以前の約束を知っているらしい。絃歌《げんか》によって土地を治めている王さんよ、西から訪ねて来られるのは、まだ遅くはありませんよ。

140

酒《さけ》に対し酔《よ》うて屈突《くつとつ》の明府《めいふ》に題《だい》す

陶令《とうれい》八十日《にち》、長歌《ちょうか》す帰去来《ききょらい》、／故人《こじん》は建昌《けんしょう》の宰《さい》、借問《しゃもん》す幾時《いくとき》か廻《かえ》る。
風《かぜ》は呉江《ごこう》の雪《ゆき》を落《おと》し、／紛紛《ふんぷん》として酒杯《しゅはい》に入《い》る。
山翁《さんおう》は今已《いますで》に酔《よ》ふ、／舞袖《ぶしゅう》君《きみ》が為《ため》に開《ひら》く。

訳　昔、詩人の陶淵明《とうえんめい》は県知事に成ったものの、八十日間で帰去来《ききょらい》（もう帰ろう）と言う言葉を残して止めてしまったが、友人の貴方は建昌の知事さんを何時《いつ》辞職するのか、お尋ねしたいものだ。風が呉江《ごこう》にある木々の雪を吹き落して、ひらひらと雪が盃の中に散って来る。年寄りの山男である私は、もうすっかり酔ってしまった。貴方がここに来たら、舞い踊って袖を開いたりしたいものだ。

141　内《ない》の廬山《ろざん》の女道士《じょどうし》李騰空《りとうくう》を尋《たず》ぬるを送《おく》る　二首《しゅ》（其の一）

君《きみ》は騰空子《とうくうし》を尋《たず》ねて、／応《まさ》に碧山《へきざん》の家に到《いた》るべし。
水は雲母《うんも》の碓《うす》を舂《つ》き、／風は石楠《せきなん》の花を掃《はら》ふ。

若《も》し幽居《ゆうきょ》の好きを恋《こ》はば、／相《あ》ひ邀《むか》へて紫霞《しか》を弄《もてあそ》ばん。

訳 妻の貴方は女性の道士の李騰空《りとうくう》さんを尋ねようとして緑の山の女道士の家に行こうとしている。水は臼で雲母をつき、風は石楠花に吹きつけている。もしも私の住まいを恋しく思ったならば、私と一緒に紫の霞を楽しもうではないか。

関 上元二年（七六二）李白六十一歳の時の作という。李白の妻は、女道士に就いて仙術を学ぼうとしていたらしい。

142 殷淑《いんしゅく》を送《おく》る 三首《しゅ》（其の三）

痛飲《つういん》す龍笻《りゅうきょう》の下《もと》、／燈《ともしび》青《あお》くして月《つき》復《ま》た寒《さむ》し。
酔歌《すいか》白鷺《しらさぎ》を驚《おどろ》かし、／半夜《はんや》に沙灘《さたん》に起《た》つ。

訳 龍笻《りゅうきょう》の竹林の所で酒を浴びる程飲んで見た。灯火は細くなり月の光も寒寒としている。酔って大声で歌えば、白鷺は驚いて飛び立った。真夜中だというのに、砂地から飛び立った。

143　酔後《すいご》、王歴陽《おうれきよう》に贈《おく》る

書《しょ》は千兎の毫を禿にし、／詩は両牛の腰を裁す。
筆蹤《ひっしょう》は龍虎《りゅうこ》を起し、／舞袖《ぶしゅう》は雲霄《うんしょう》を払《はら》ふ。
双歌《そうか》せる二胡姫《にこき》、／更して奏して清朝《せいちょう》に遠ざかる。
酒を挙《あ》げて朔雪《さくせつ》に挑《いど》むも、／君《きみ》が相《あ》ひ饒《ゆる》さざるに従《したが》はん。

訳　歴陽《れきよう》県の知事の王さん、貴方は書道は千本の筆を使い果たすほど練習し、詩作は牛二頭ほどの詩作をしている。貴方の文字は龍虎の様に勢い良く、貴方が舞えば翻る袖は雲を払うばかりだ。傍らで代わるがわる歌っている二人の胡地から来た娘さん達は朝から歌い続けている。盃を手にして雪景色を眺めている貴方が、気の済むままに楽しんだら良いと思う。

144　歴陽《れきよう》の褚司馬《ちよしば》に贈《おく》る、時《とき》に此《こ》の公《こう》は稚子《ちご》の舞《まい》を為《な》す、故《ゆえ》に此《こ》の詩《し》を作《つく》りしなり

北堂は千万寿して、侍奉して光輝有《あ》り。
先《ま》づ稚子《ちご》の舞《まい》を同じくし、更《さら》に老萊《ろうらい》の衣を著く。
因《よ》つて小児の啼を為《な》し、酔倒して月下に帰《かえ》る。
人間《じんかん》に此《こ》の楽しみ無く、此《こ》の楽しみ世中に稀なり。

訳　貴方の御母様は一千万年も長生きされるだろう。貴方は御母様を大切に御世話して立派である。御母様を喜ばせる為に、まず子供の様に踊ったり、更に老萊子が着たという派手な衣裳を着てそれで子供の泣き真似をし、その後は酔っ払って月の光の中を帰って行った。世の中にこの様な楽しみは無いだろうと思われるが、この様な楽しみは世の中で滅多に見られるものではない。

145　江南《こうなん》の春《はる》に懐《おも》ふ

青春《せいしゅん》は幾何《いくばく》の時ぞ。／黄鳥は啼《な》いて歇《や》まず。
天涯郷路《てんがいきようろ》を失ひて、／江外に華髪《かはつ》老ゆ。
心は飛ぶ秦塞《しんさい》の雲、／影は滞す楚関《そかん》の月。
身世は殊《こと》に爛漫《らんまん》、／田園《でんえん》は久《ひさ》しく蕪没《ぶぼつ》し。
歳晏《としおそ》くして何の従ふ所ぞ。／長歌《ちようか》して金闕《きんけつ》に謝《しや》す。

訳　青春とはどれ程の頃を言うのだろうか。鶯が頻りに鳴いている。自分の年老いた身には帰って行く故郷も無くなって、江外の土地で年老いて白髪になってしまった。心は秦《しん》塞《さい》の雲を追い、体は楚関《そかん》の月に照らされている。私の人生はもう盛りを過ぎてしまった。故郷の田畑は耕す人も無くて、荒れている事だろう。今年も暮れようとしているが何もする事が無い。歌をうたいながら、宮廷に感謝するばかりである。

関　宝応元年（七六二）李白六十二歳の時の詩である。

146　金陵《きんりよう》にて韓侍御《かんじぎよ》の笛《ふえ》を吹《ふ》くを聴《き》く

韓公《かんこう》の玉笛《ぎよくてき》を吹《ふ》けば、／倜儻《てきとう》の英音《えいおん》を流《なが》す。
風吹いて鍾山《しようざん》を繞《めぐ》り、／万壑《ばんがく》皆《み》な龍吟《りゆうぎん》。
王子鳳管《おうじほうかん》を停《とど》め、／師襄瑤琴《しじようようきん》を掩《おお》ふ。
余韻《よいん》は江《こう》を渡《わた》つて去《さ》り、／天涯《てんがい》安《いず》くんぞ尋《たず》ぬべけん。

訳　韓侍御《かんじぎよ》が立派な笛をお吹きになると、すぐれた御人柄なので立派な音を響かせている。風が吹いて笛の音が鍾山《しようざん》に響き渡ると、山の隅々まで笛の音がこだまして、まるで龍が歌っている様に思われる。昔の仙人の王子も笛を吹く手を止め、師襄も琴の手を停める程の笛の演奏である。笛の音の余韻は大河を渡って向こうまで響き、その余韻が尽きるのは何処《どこ》なのか分らない。

147 韓侍御《かんじぎょ》の広徳《こうとく》に之《ゆ》くを送《おく》る

昔日《せきじつ》の繍衣《しゅうい》は何《なん》ぞ栄とするに足《た》らん、／今宵《こよい》は酒を貰《もら》ひて君《きみ》と傾《かたむ》く。
暫《しばら》く東山に就《つ》いて月色を賖《おきの》り、／酣歌《かんか》の一夜《いちや》、泉明《せんめい》を送《おく》る。

訳 貴方は以前に御史の職にあったが、それ程に貴方にとって栄誉とすべきではないだろう。今夜は酒を用意して貴方と一杯やる事にしたが、暫く東山の辺りの月の明りを待って、歌い楽しみながら陶淵明に比すべき貴方を見送るのだ。

148 野草《やそう》中に白頭翁《はくとうおう》と名《な》づくる者有《ものあ》るを見《み》る

酔《よ》つて田家に入《い》りて去り、／荒野《こうや》の中を行歌す。

如何《いかん》か青草の裏《うち》に、／亦《ま》た白頭翁《はくとうおう》有《あ》り。
折《お》り取《と》って明鏡《めいきよう》に対《たい》すれば、／宛《えん》として将《まさ》に衰鬢《すいびん》と同じ。
微芳相《あ》ひ誚るに似て、／恨《うら》みを留《とど》めて東風《とうふう》に向《むか》ふ。

訳　酔って農家に入ろうとしたが、歌をうたいながら荒野の中を進んで行った。どういう訳だか青草の中に、白頭翁《はくとうおう》と呼ぶ草を見つけた。折り取って鏡に映して見ると、まるで自分の横鬢と同じ白さだ。この小さな花は摘み取られたのを厭がる様子で、東からの風に吹かれている。

関　白頭翁《はくとうおう》は、翁草と見る説も有るが、翁草とは別な草だともいう。

149　宣城《せんじよう》に杜鵑花《とけんか》を見《み》る

蜀国《しよくこく》にて曾《かつ》て聞く子規《しき》の鳥、／宣城《せんじよう》に還《ま》た見《み》る杜鵑《とけん》の花《はな》。
一叫《きよう》一回、腸《はらわた》一たび断《た》つ。／三たびの春に三たびの月、／三巴を憶《おも》ふ。

訳　蜀国《しょくこく》で前に居た時に子規《ほととぎす》の鳴くのを聞いたが、宣城《せんじょう》ではまた杜鵑《ほととぎす》の花を見ることになった。一度杜鵑の鳴く声を聞くと、腸が千切れる程の悲しさが湧いて来るし、この三年間で三月になると故郷の三巴（巴郡、巴西、巴東）の村里が思い出されるのだ。

150　九日の龍山《りゅうざん》の飲《いん》

九日の龍山《りゅうざん》の飲《いん》に、／黄花《こうか》は逐臣《ちくしん》を笑《わら》ふ。
酔《よ》ひて風《かぜ》の帽《ぼう》を落《おと》すを看《み》、／舞《ま》ひて月《つき》の人《ひと》を留《とど》むるを愛《あい》す。

訳　重陽の節句の九日に龍山に登っての宴会に、菊の花は宮廷を追われた臣下を笑って見ている様だ。酔っている者の帽を風が吹き落したりしているし、月の明るい光の下で酔って踊り出す者を月が引き留めている様だ。

関　九は奇数で陽の数字だから、九月九日は陽が重なった日を祝うのである。この日、高い所に登って宴会をする登高という習慣が有ったらしい。

151　九月十日、即事

昨日は高きに登つて罷《や》み、／今朝は更に觴《さかずき》を挙《あ》ぐ。
菊花《きくか》は何《なん》と太《はなは》だ苦《く》なる。／此《こ》の両重陽《りょうちょうよう》に遭《あ》へばなり。

訳　昨日は高い所に登って酒を飲み、今朝はまたもや酒を飲んでいる。菊の花にとっては甚《はなは》だ苦労しているのだろう、昨日の重陽《ちょうよう》と今日の小重陽とに摘《つ》まれたりするから。

152　臨路歌《りんろか》

大鵬《たいほう》は飛《と》んで八裔《はちえい》に振《ふる》ひ、／中天《ちゅうてん》に摧《くだ》けて力済はず。

余風は万世《ばんせい》に激し、／扶桑《ふそう》に遊《あそ》んで左袂《さべい》を挂《か》く。
後人之《こうじんこれ》を得《え》て此《ここ》に伝《つた》ふ。／仲尼《ちゅうじ》は亡《ほろ》びたり誰《た》が為《ため》に涙《なみだ》を出《いだ》す。

訳 大鵬《たいほう》（巨大な鳥）は飛び立って八方を振わせていたが、大空の中程まで来た時に翼が砕けて飛ぶ力を失ってしまった。翼の風の勢いは、後々の世に伝えられる程で、世界の果てまでも広げた翼は仙人の業《わざ》の様で、後の世の人はこの話を聞いて後の世に伝えている。ただ、大鵬の挫折を同情して涙する孔子の様な人はもう居ない。

関 詩の題の臨路歌《りんろか》は、臨終の歌だという説が有る。

153

古《いにし》へに思《おも》ふ所《ところ》 有《あ》り

我《わ》れ仙人を思《おも》ふに、乃《すなわ》ち碧海《へきかい》の東隅《とうぐう》に在《あ》り。
海《うみ》は寒《さむ》くして天風多《てんぷうおお》く、／白波《しらなみ》は山を連《つら》ねて蓬壺《ほうこ》を倒《たお》す。
長鯨《ちょうげい》は噴湧《ふんゆう》して渉《わた》るべからず。／心《むね》を撫《ぶ》せば涙《なみだ》 茫茫《ぼうぼう》として涙《なみだ》は珠《たま》の如《ごと》し。

西《にし》より来る青《せい》鳥《ちょう》は東《きた》に飛び去り、／願《ねが》はくは一書を寄《よ》せて麻《ま》姑《こ》に謝《しゃ》せん。

訳　私が仙人のことを考えて見ると、仙人は青い海の東の隅に居るらしい。その辺りの海は寒く風も烈しく吹いている。白波は連《つら》なる山々の様に仙人の住む蓬萊《ほうらい》の島を倒そうとする様である。海には大きな鯨が居て潮を噴いているから歩いて渉ることは出来ない。仙人に逢うことも出来ないのかと思うと涙がこぼれて来る。西から渡って来た青い鳥は東に翔《と》び去ったが、山来ることなら私の手紙を女仙人の摩姑に届けて欲しいものだ。

154

日出東南隅行

秦楼《しんろう》は佳麗《かれい》を出し、／正《まさ》に朝日の光に値《あた》ふ。
陌頭《はくとう》能《よ》く馬を駐《とど》め、／花処《かしょ》復《ま》た香りを添《そ》ふ。

訳　秦《しん》さんの家の高い窓からとても綺麗な女性が出て来て、ちょうど朝日の光を浴びている。堤の上に馬をとめて彼女に見とれている若い男は、この美しい光景に香りを添えた様なものだ。

関 題名は楽府《がふ》の題らしい。太陽が南寄りの空から出ている、という意味だろう。

155 峰頂寺《ほうちょうじ》に題《だい》す

夜、峰頂寺《ほうちょうじ》に宿するに、／手を挙《あ》ぐれば星辰を捫《な》づ。
敢《あえ》て高声《こうせい》に語《かた》らず、／恐《おそ》らくは天上《てんじょう》の人《ひと》を驚《おどろ》かさんに。

訳 夜は峰頂寺《ほうちょうじ》に宿ることになった。山の頂に在るこの寺からは、手を伸ばすと大空の星に手が届きそうである。この寺では大声で話さないようにしている、大空に居《お》られる天界の人々を驚かしてしまうからである。

訓読 李白短詩抄 終

〔訳者略歴〕**田中佩刀**（たなか　はかし）

昭和２年（1927）12月　東京生れ。
昭和25年３月　東京大学文学部国文科卒業。
昭和30年３月　同大学大学院満期修了。
県立静岡女子短期大学助教授、明治大学助教授を経て、
昭和39年４月　明治大学教授
昭和41年４月　和光大学講師・理事を兼任。
平成10年（1998）３月　明治大学・和光大学を共に定年退職。
現在は明治大学名誉教授、斯文会名誉会員

〔主な著書〕『故事ことわざ』（ライオン社）、『佐藤一斎全集、第八～十巻』（明徳出版社）、『荘子のことば』（斯文会）、『言志四録のことば』（斯文会）、『中国古典散策』（明徳出版社）、『全訳 易経』、『全訳 列子』『全訳 老子』（明徳出版社）

訓読　李白短詩抄

令和三年十月二日　初版印刷
令和三年十月八日　初版発行

著　者　田中佩刀
発行者　佐久間保行
印刷所　㈱興学社
発行所　㈱明徳出版社
〒167-0052　東京都杉並区南荻窪一-二五-三
電話　〇三-三三三三-六二四七
振替　〇〇一九〇-七-五八六三四

　ISBN978-4-89619-304-6